24時

Ichika & Subaru

七福さゆり

Sayuri Shichifuku

Eternity

EB

エタニティ文庫

目次

デビルな社長と密着24時

プロローグ　二十四時間じゃ足りない！

私、奥本一花《おくもといちか》の一日は、二十四時間じゃとても足りない。

仕事とか、趣味とか、趣味とか、趣味とか～……！

とにかく毎日、多忙を極めているのだ。


あと十分……この十分が長いんだよね～……

仕事をこなしながらも腕時計を何度も眺めてしまう。顔は平静を装《よそお》いつつ、心の中はソワソワしていた。

残り一分……定時の十九時がきたーっ！

「奥本さん、上がっていいよ」

遅番で私より一時間遅く出社した先輩に声をかけてもらい、「お先に失礼します」と持ち場を離れる。それから素早くタイムカードを押し、制服から私服へ急いで着替えた。

定時を迎えたら一分一秒でも早く退社！　それが私のモットーだ。

十九時八分に職場であるデパートを出て、書店へ急ぐ。

はぁああ～……今日も疲れた！　でも、仕事はお金を得るための手段だ。明日も明後日《あさって》も頑張って働かなくちゃ……趣味を満喫《まんきつ》するためには、軍資金が必要である。

書店に到着した私は、新刊コーナーへ一目散《いちもくさん》に向かい、買い集めている漫画の最新刊を手に取る。

ふふふ……ずっと楽しみにしてたんだ。

書店では新刊の他にもう一冊、表紙が気になった別の本も購入した。電車の中で見てしまいたいのをなんとか我慢し、ようやく自宅へ到着。

じっくり読みたいから、楽しみは後に取っておくのだ。

帰宅してからも今すぐ読みたい気持ちを堪《こら》えて、夕食やお風呂を済ませた。

部屋に戻ってきたのは、二十二時……ここからが私の最《もっと》も大切としている趣味の時間だ。

楽しみにしていた新刊と表紙が気になって買った漫画と、どちらを先に読むか……重要な問題だ。

悩んだ末に、表紙が気になった本から読むことにした。この本が自分好みじゃなかった場合のダメージを、楽しみにしていた漫画で相殺《そうさい》する作戦だ。

ビニールフィルムを剥《は》がして、いざ、漫画の世界へ！

「はぁ……もう、最高だもん。早く続きが読みたい……」

結果から言うと、両方楽しめた。気が付いたらすでに二十三時三十分、あと数時間で深夜アニメタイムだ。今日は一時三十分からお目当てのアニメが放送される。

「眠い……」

でも、寝ない。

地道に貯金して買った四十インチのテレビには録画機能も付いているけれど、できるだけリアルタイムで、SNSで実況しながら見たいからだ。

まあ、後で見返す用に、録画もするけどね。

「作業もしたいけど、ゲームもしたいし……」

作業とは、コスプレ衣装作りのことだ。

私の趣味は、漫画、アニメ、ゲームを楽しむことで、その中でもコスプレ衣装作りに特に力を入れている。ちなみに今作っている衣装は、今日放送されるアニメの主人公のものだ。

作った衣装を着てイベントに参加することもあれば、友達のために作ってあげて自分は着ないこともあったり、ただ作って満足することもあるけれど、どのパターンにしてもトルソーに着せて写真を撮り、必ずブログにアップしている。

記念としても残るし、誰かに見てもらいたいし、反応がもらえたら嬉しいしね。

でも、自分の顔がわかるものは一切載せないようにしている。以前オタクじゃない友達に趣味がバレて酷《ひど》い目にあってからは徹底しているのだ。

働かなくてよければ、作業もゲームもガッツリできるのにな～……

でも、仕事があるからこそ、こうして漫画やコスプレ衣装用の材料だって買えるわけで……

そんなことを考えながら、スマホをいじりSNSに独り言を投稿する。

「『アニメ放送まで待機中！　衣装も作りたいけど、オンラインゲームもしたいし、どうしよう～……』っと……」

するとインターネット上の友人から次々と反応が返ってくる。

『ハナハナさん、お疲れ～！　コスプレイベントまでまだ時間あるし、欲望のままにゲームするに一票！』

『期間限定イベントもそろそろ終了するし、ゲームしちゃえ！』

あ～……心がゲームに傾いていく！

あ、ちなみに『ハナハナ』というのは、私のハンドルネーム。本名の『一花』の『花』から取っている。専門学校時代から八年間も使っているので、本名と同じくらい愛着のある名前だ。

ゲームをすすめるメッセージが続く中――

『ゲームは三十分だけにして、あとは作業をしたらどうですか？　イベントまでまだ時間があるとはいえ、それまでに体調を崩したりなんてことがあれば、予定が狂うかもしれないし。余裕は大切ですよね！　衣装を完成させて、もし時間が余ったら、さらにクオリティも上げられるし……いかがでしょうか？』

という反応が返ってきた。

それを見て、確かに！　と納得する。

時間は短いけどゲームをやったっていう満足感も得られるし、なにが起きるかわからないのだから、作業は早いに越したことはない。

現に私は去年、イベント前に風邪をこじらせて熱を出してしまい、衣装を間に合わせることができなかった。

――こんな風に、いつも親身な返事をくれるのは、歌穂《かほ》さんだ。

一年ぐらい前に私がブログに載せているコスプレ衣装の画像を見て、感想を送ってきてくれたのがキッカケで親しくなった。

今ではスマホで直接やり取りをしたり、ゲームでオンライン対戦をして遊んでいる仲だ。

歌穂さんは私と同じ二十六歳で、都内で事務員をしているらしい。彼女もコスプレ衣装を作って着るのが趣味で、ブログやＳＮＳに衣装を公開している。着用した画像は載せていないけど、私にだけはこっそりメールで送ってきてくれている。

スラリとした美女で、そのスタイルの良さといい、顔立ちといい、芸能人に引けを取らないレベルだ。そして作り出す作品もすごい。細部にわたってものすごくこだわりが出ていて、叶うなら手に取ってじっくり眺めてみたいと思う。

『そうですよね！　なにがあるかわからないし、歌穂さんの言う通り、イベントの衣装優先にします！　ってことで、まずは三十分ゲームしてきます！』

返信したところで、ゲーム機の電源ボタンを押し、立ち上げている最中にスマホで三十分のタイマーをセットしておく。

ゲームソフトを起動させると、現在オンラインでプレイしているフレンドが三人いた。フレンド登録をしておくと、こういったこともわかる仕様だ。そのうちの一人が歌穂さんであることを確認した私は、彼女にスマホで個人的にメッセージを送る。

『さっきは反応ありがとうございました〜！　よかったら三十分だけ対戦いかがですか？』

送信して間もなく既読マークが付いて、返信が来た。

『今オンラインになったの見て、声かけようと思ってたところでした。やりましょう！』

「やった！」

嬉しくて思わず声に出てしまう。

三十分なんてあっという間で、その後はアニメ放送の開始時刻まで衣装制作に取り掛かる。

「うん、やっぱりいい出来……！」

自画自賛しているのは、胸元に付けるコサージュだ。何度も練習し、試作を重ねたことで、かなりいい出来だ。

自分で言うなと突っ込まれそうだけど、店で売っているものと変わりないくらい素晴らしい出来！

——おっと、熱中していたらアニメ放送開始まであと五分だ。

大分集中してたなぁ……こういう系の仕事に就《つ》けたら、きっとすごい頑張れちゃいそう。

……なんて、ね。自分の好きなことを仕事にしたい！　だなんて夢を叶えられる人は、ほんの一握りだってわかっている。そんな才能はないと自覚しているから、目指すつもりはない。仕事はあくまで仕事だ。生活と、好きなことをするために必要なお金を稼ぐためにするもの！　ちゃんとわかってる。

アニメを見ながらＳＮＳで実況を楽しみ、終わった後に感想を投稿していると、三時を過ぎてしまった。

明日は早番だから、六時三十分には起きないといけない。

コスプレ衣装の胸元に付けるコサージュはあと三個必要だ。

まだ作り続けたいところだけど、さすがにもう寝ないと明日に響くよね。

大きなあくびをしながら机の上を軽く片付けて、ベッドに入った。

これが私の一日の流れ。趣味を楽しむには二十四時間じゃとても足りない。

あーあ、宝くじでも当たらないかなー……そうすれば仕事を辞めて、オタク活動に専念できるのに。次に宝くじが発売されるのって、いつだったっけ？

そんなことを考えているうちに、いつの間にか眠っていたのだった。

一着目　最悪のオタバレ

「レジお願いします。クレジットカード、一括払いです」

「かしこまりました」

私はショップの販売員からクレジットカードとデパートのポイントカードを受け取り、精算を済ませて返す。

イベントまで約二週間と迫り、昨晩も遅くまで衣装作りをしたため今朝はかなり眠かった。でも、なんとか寝坊せずに起きられて、本当に良かった……！

デパート内のショップには、レジが併設されていないことも多い。

そういった場合には裏にデパート側が雇《やと》っているレジ係がいて、そこで決済しているのだ。

流れとしては、こうだ。まずは各ショップで販売員が接客し、そしてお客様が購入することになると、お金、クレジットカード、商品券のいずれかとポイントカードをお預かりする。そして同じフロア内にあるレジコーナーに持っていって、レジ係に頼んで支払い処理をし、お客様のところへ戻り、商品を渡すのである。

私は、そのレジ係だ。ひたすら支払い処理をするのが仕事で、専門学校を卒業した二十歳の時から始めたので、もう六年目。

初めはすごく緊張したし、失敗もした。でも、慣れてしまえば単純作業だ。レジに新しい機能が追加されればやっぱり戸惑うし、緊張するけれど、繰り返していればちゃんと慣れてくる。

「レジお願いします。現金払いです」

「かしこまりました」

支払い処理を済ませて、おつり、レシート、ポイントカードの載ったつり銭トレイを販売員に返すと、彼女は受け取り損ねて、そのまま床に落としてしまう。

「きゃっ！　ごめんなさい！　私、ぼんやりしてしまって……」

拾おうとしゃがむ彼女に続いて、私もしゃがんで拾う。

彼女はおつりの小銭を掴《つか》もうとするけれど、綺麗《きれい》なネイルアートを施《ほどこ》した爪が長くて、上手く掴《つか》めないみたいだったので、代わりに拾った。

「おつりの五百円とレシートとポイントカード、全部あると思いますので」

「ありがとうございます。ごめんなさい。今日はお客様がすごく多くて、休憩も取れないぐらい接客し通しだったから、ぼんやりしてしまって……」

「いえいえ、お疲れ様です。今日は催事《さいじ》……とかではないですよね？」

私がレジを担当しているのはファッションフロア。二十代から三十代向けの女性を対象としたショップが並んでおり、見た目が華やかな人が非常に多い。

「実はアニメとのコラボ商品が入荷されたので、朝からそれを買いにくるお客様が多くて……！　しかも絶対うちの服なんて着なさそうなオタクっぽい服装の人も来てるんですよ。あんた、それ買ってどうすんの？　絶対着こなせないでしょ！　って言いたくなっちゃいます。もう……なんでアニメなんかとコラボするんだろ。意味わかんない」

う……

「そ、そうなんですね……」

同じオタクとして、耳が痛い。

昔よりは緩和されたとはいえ、オタクへの風当たりは厳しい。私も昔オタバレをして酷《ひど》い目にあってからというもの、徹底してオタクであることを隠している。

——あれは、高校生の時のことだ。

私は元々田舎に住んでいたのだけど、父の転勤に伴い都内の高校へ進学することとなった。中学の時はオタクであることを隠さずに楽しく生きていたものの、高校ではオタクはキモイ！　という空気があったので、徹底して隠して過ごしていた。

そうして高校生活を楽しんでいるうちに友達に彼氏ができ始めて、周りに流された私は、彼氏とか作ったほうがいいのかな？　とぼんやり思い始めたのである。その矢先、クラスメイトの佐川《さがわ》君から告白されたので、付き合うことにしたのだった。

でも私は、オタクであることを隠していただけで、家では今のようにオタク活動に勤《いそ》しんでいたわけで……

彼氏とデートしたり、メールのやり取りをする時間がもったいなくて、わずか一か月で別れた。彼には本当に申し訳ないことをしたと思う。

彼に酷《ひど》いことをした罰《ばち》が当たったように、それから数か月後、最悪の形で友達にオタバレした。

今考えると、とても迂闊《うかつ》だったと思う。

当時の私も今のようにブログをやっていて、そこではアニメ、漫画、ゲームのことについて語ったり、コスプレした画像も載せていた。しかも顔が思いっきりわかる状態で……思い出すだけで悶絶《もんぜつ》しそう。完全なる黒歴史だ。

それが偶然にも友達にバレて、瞬《また》く間に広がった。昨日まで友達だった人から避けられ、陰口を叩かれ、仲間外れにされて暗黒の高校時代を送ることに。だから卒業後は非オタクの人にオタクがバレないように徹底して生きていくようになった。私がネット上で顔を出さなくなったのは、これが理由だ。

高校を卒業して、服飾系の専門学校に進学してからは楽しかった。

中学校時代のオタク友達がこちらに進学してきたのと、学校で新たにオタクの友達ができたので、みんなでコスプレのイベント活動もしたし、一人暮らしの友達の家に集まって、何度も朝までオタクトークで盛り上がった。

ちなみに服飾系の専門学校に進学したのは、コスプレ衣装を作るのが好きだったから。その腕をもっと磨《みが》きたかったのと、将来はファッション系の仕事に就《つ》けたらいいなぁとぼんやり思ったためだった。

……まあ、どうしてそれがデパートのレジ係になったかと言えば、これについてもまた苦い思い出がある。

専門学校時代、将来のことを真剣に考えた時、まず興味を持ったのは、アパレルショップの販売員だった。

経験を積んで実力を伸ばすことができれば、年齢的に販売員をできなくなってもステップアップして、スーパーバイザー、マーチャンダイザー、バイヤーといった本社勤務に移り、末永くファッション業界にいられると考えたからだ。

そして二年生の冬、オタク活動の資金を得る目的もあり、アパレルショップの販売員のバイトを探すことにした。

するとたまたま、オシャレだなぁ～……着てみたいなぁと思っていたショップが販売員のバイトを募集していたので、ここで働いてみたい！　と張り切って応募した。

早速面接が行《おこな》われることになったのだけど、その場で店長にかけられた言葉は――

『え、どうしてうちのバイトに応募しようと思ったの？』

『ずっと素敵だと思っていて、私も働いてみたいと……』

『いやいや、そうじゃなくて、どうしてうちで働けると思ったのかってこと。うちのブランドはね、特別なの。バイトとはいえ、選び抜いた子を雇《やと》ってるの。あなたみたいな人間が、よく応募する気になったよね～……ビックリ～！』

『え……』

店舗には面接するスペースがないからと、近くのカフェで行《おこな》われていた。

あまりにも辛辣《しんらつ》な言葉に、私の身体は目の前にあるアイスコーヒーの中に浮かんでいる氷よりも冷たくなった気がした。

――もしかして私って、普通の恰好《かっこう》をして、普通に喋っているつもりだけど、イケて

ないオーラが滲《にじ》み出てる……とか⁉

こ、怖い……！　真実が気になるけど、怖くて知りたくない！

そのことがトラウマになってしまった私は、販売員を目指すのをやめた。

メンタルが弱すぎるでしょ！　そのショップの店長が特別感じ悪かっただけで、他のショップなら絶対大丈夫だよ！　と友人は慰《なぐさ》めてくれた。でも、どうしても行動する気になれず、結局はデパートのレジ係になった。

淡々と支払い処理をし続ける仕事に情熱を燃やすのは難しいけれど、ファッションフロア担当ということで、支払い処理をしにくるショップ店員のコーディネートや、店頭に並んでいる流行の最先端の服を見ることができるのは、唯一《ゆいいつ》楽しいと思えるところだ。

「奥本さん、休憩、お先にどうぞ」

ぼんやりと昔のことを思い出しているうちに、ショップ店員さんは帰ったようだ。はっとして顔を上げ、交代に来てくれた同僚に返事をする。

「ありがとうございます。じゃあ、お先に頂きます」

休憩時間は交代制で、特に順番は決まっていない。その時に手が空《あ》いている人から……というのがいつもの流れだ。

一度ロッカールームへ行き、お弁当とスマホを持って、従業員専用の休憩室へ向かう。

お弁当と言っても、立派なものではない。一つは焼きたらこのおにぎり、もう一つはおかかのおにぎりで、おかずは作る気力がないのでナシ！

これが、朝作れる私の精一杯だ。

夜中までオタク活動をしているので、おかずを作る時間があれば眠っていたい。ちなみに焼きたらこと言っても、手抜きしてレンジでチンするだけなので、正確に言うと焼いてない。

できればお昼は外食したいけど、少しでも節約してオタク活動にお金をかけたいのでこれで我慢だ。

それにしても、たまにはお店でランチしたいな〜……でも、一人でランチってなると、勿体《もったい》ないような気がするんだよね。

おにぎりを食べながらスマホを眺めていると、中学時代からの友達で、オタク仲間の瑞樹《みずき》からメッセージが来ていた。

『お疲れ〜！　明日、休みなんだ！　一花は出勤？　買いたい物もあるし、デパートに行くから、よかったらランチしようよ』

ちょうど明日は出勤だ。

『ランチしよう！　何時に休憩入れるかわかんないけど、十一時から十三時の間になると思う！　大丈夫？』

と送信すると、すぐに返事がきた。

『わかったー！　終わったら連絡して。それまで時間潰してるから』

やった！

おにぎりそっちのけで友達とやり取りしているうちに、あっという間に休憩時間が終わった。おかげでおにぎり一つしか食べられず、就業時間中に恥《は》ずかしいお腹の音を鳴らすことになってしまった。

◆◇◆

翌日のお昼、十二時に無事休憩に入れた私は、瑞樹とデパート内にあるカフェでランチをしていた。

私はハンバーグプレートとアイスティー、瑞樹はオムライスプレートとアイスコーヒーを頼み、食べながら会話に花を咲かせる。

「こうして会うのは久しぶりだけど、いつも連絡取ってるから、あんまり新鮮味ないよね」

私が笑うと、瑞樹もつられて笑う。

「本当にね～！　ね、衣装の進捗《しんちょく》はどう？」

瑞樹の質問に、私は顔を引き攣《つ》らせる。すると、まだなにも言っていないのに、瑞樹は私の表情から状況を読み取ったらしい。

「あー……ちょっとマズイ感じ？」

「うん……遅れ気味。出だしは順調だったんだけど、作ってるうちにだんだん欲がでてきちゃって、当初は予定してなかった襟《えり》と裾にビーズを縫い付けたいな～と思って始めたら、全然終わらなくて！」

昨日も明け方の四時まで延々とビーズを付けていた。ずっと細かい作業をしていたせいか、今日は目がすごくショボショボする。

「うわー……それキツイ！　イベントまで二週間しかないし、ビーズは諦《あきら》めたら？」

「いーや！　付けたらすっごい可愛いんだよね！　だから絶対付けたいっ！」

「でも、大丈夫なの？　間に合う？」

「うん、間に合わせる！　昨日も朝方まで頑張ったしね！　この調子でいけば、なんとか……！」

「あー……それで疲れた顔してるんだ。出来栄えが良くても、着る本人が酷《ひど》い顔だったら衣装が可哀想だよ。当日までに顔のコンディションも整えたほうがいいよ」

「そうなんだけど、顔のコンディション整えるには睡眠でしょ？　たっぷり寝たら作業が終わんないよ。それなら衣装を完璧にすることを目指す！」

「あはは、一花らしいわ。この前、途中経過で見せてもらったコサージュもすごくよかったよ！」

「でしょ？　自画自賛しちゃうけど、練習した甲斐もあってすごく良くなったんだ〜！あっ！　ねぇ、アレにもビーズ付けたら可愛くない？」

「えぇ!?」

「こういうビーズなんだけど……」

　スマホで撮っておいたビーズの写真を瑞樹にすかさず見せる。自分でその画像を見ながら、コサージュに付けたら絶対に可愛いという確信が生まれた。

「いや、可愛いけど、今でも精一杯なのに、追加でなんて無理でしょ！」

「でも、可愛くなるってわかってるのに妥協したくないよ〜！　決めた！　コサージュにもビーズを付ける！　今日から二時間睡眠で頑張るわ！」

「一花はコスプレに対してのこだわりが半端ないから、止めても聞かないだろうし応援するわ。まあ、頑張ってよ！　当日楽しみにしてるからさ！」

「うん！　期待してて！　すっごいの作るよ〜！」

　盛り上がっていると、隣の席にグレーのスーツを着た男性客が一人座った。

　何気なく顔を見ると、あまりにも整った顔立ちだから驚いてしまう。

　短く切り揃えられたダークブラウンの髪に、キリッとした凛々《りり》しい眉と切れ長の目で、とても芯が強そうな印象だ。

外国人みたいに高い鼻はシュッと通っていて、薄い唇は綺麗《きれい》な形をしている。

ただメニューを眺めているだけなのに、すごく絵になる。

うわぁー……カッコいい！　というか、タイガーアイ様にすっごい似てない!?

タイガーアイ様とは、私が今ハマっているPCブラウザゲーム『ストーン・コレクション』に出てくるキャラクターだ。

ちなみに『ストーン・コレクション』がどんなゲームかというと、石を男女のキャラクターに擬人化させた『ストーンヒューマン』と呼ばれるキャラたちを集め、敵と戦わせて強化していく育成型シミュレーションゲームだ。アニメ化もされ、現在絶賛放送中！

ちなみに今、私がコスプレ衣装を作っているのは女性キャラの中で一番好きなストロベリークォーツのものだ。

ストロベリークォーツちゃんは、タイガーアイ様とカップリングされた同人誌をよく見かける。

ちなみに二人のカップリングは「タイスト」と呼ばれていて、私も大好きだ。クローゼットの中には、大量のタイストの同人誌（R－18を含む）がギッシリと詰まっている。

「一花、ちょっとメッセージ送ったから見てよ」

「うん？」

スマホ画面を見ると、瑞樹から『隣に座った人、タイガーアイ様に似てない⁉』とメッセージが来ていて、強く頷《うなず》いた。

「似てるっ！」

「ねー！　すごい。こんなことってあるんだね」

まさか、現実世界でタイガーアイ様に似ている人を見られるとは思わなかった。

眼福《がんぷく》～……！　コスプレして欲しい！

思わずジッと見ていたら、私の視線に気が付いたらしいタイガーアイ様……じゃなくて男性が、顔を上げた。

あ、ヤバッ……！

見過ぎた……絶対に変な人だと思われたよ。失敗した。

慌てて男性からハンバーグプレートに視線を移すと、瑞樹が小声で「見過ぎ！」と笑う。私は咳払いをして、別の話題を探す。

「あー……そうだ。ところで瑞樹は最近、仕事はどうなの？」

「取り立てて変わったことはないよ。一花は？」

「私も変わりないよ。困ったこともなければ、嬉しいこともないし、ただただ時間が流れていくって感じ。毎日宝くじが当たらないかなーって思ってるよ」

「でも、なんだかんだ言って仕事、続いてるよね。もう六年でしょ？」

「うん。支払い処理しにくるショップ店員の服を見たり、トイレとか休憩に行く時に店頭のディスプレイ見られるのは楽しいんだけどね……」

「一花、服好きだもんね」

「も――……見てたら、欲しいものありすぎて大変だよ。安月給だから、あんまり買えないけどさー」

さっき見た帽子、すごく可愛かった。欲しいけど、結構強気な値段設定だったなぁ……来月は欲しいゲームが発売になるし、コスプレ衣装用の材料も買わないといけないから、手が出ない。セールまで待つか……いや、可愛いからセール前に売れちゃうかも。

「いっそのこと好きなブランドのショップの店員に転職したら？　二十六歳なら、まだ雇《やと》ってくれるでしょ。その店で働けば、社割もあるわけだしさ」

「む、無理無理無理無理っ！　あの悲惨《ひさん》な面接事件！　覚えてるでしょ？　私なんかにショップ店員は、絶～対無理！」

「えぇ？　そうかな？」

「そうだよ！　それにノルマとかあるんでしょ？　私から買ってくれるお客さんなんていないよ。一人だけノルマ達成できずに、胃が痛くなりそう」

「ネガティブすぎでしょ！　何度も言うけど、あれはたまたまだって」

なんだか、視線を感じる……しかも、タイガーアイ様似の男性のほうから。

恐る恐る視線をそちらに向けると、男性は眉を顰《ひそ》めてジトリとこちらを睨んでいる。

もしかして、声大きすぎた!?

『ヤバイ！　すごい睨まれてる！　声大きすぎたかも！』

男性に聞こえたら気まずいので、またスマホで瑞樹にメッセージを送る。

『了解。声、抑え気味で行こう！』

その後は声を潜《ひそ》めて語り、ほんのわずかな時間だったけれど、楽しいひとときを過ごすことができた。


お昼休憩を終えた私は持ち場に戻り、ふたたび業務に就《つ》いた。

あー……眠い……

昨日も遅くまでコスプレ衣装を作っていたせいもあり、お腹がいっぱいになったら、激しく眠たくなってきてしまった。

レジ、間違わないようにしないと……

支払い処理に来る人が途絶えた途端、あくびが出そうになる。

ダメダメ！　たるんでると思われちゃう。

あくびをかみ殺していると、カツカツというヒールの音が近付いてくる。

「クレジットカード、一括で」

あ、エンプレスの店員。エンプレスは若者を中心に人気のブランドで、うちのデパートでもかなり売り上げを伸ばし続けている。

「かしこまりました」

エンプレスの店員は、ツンとしていて全員苦手だ。今、目の前にいる彼女も、私が支払い処理をしている間、腕を組んで仁《に》王立ちし、早くしろと言わんばかりに大きなため息を吐く。

エンプレスの社員は皆、私のことが気にくわないのかな？　と最初は思ったけれど、他のレジ係や他店のショップ店員にも同じ態度を取っていることが判明した。

自分のショップ以外の人間は見下しているみたいで、やな感じ！

「お待たせしました」

彼女は無言でカードの載ったトレイを奪い、またカツカツとヒールを鳴らしながら自分のショップへ戻っていった。

……いちいち気にしても仕方がないとわかっているけど、腹が立つものは立つ。

でもあの店、すごく素敵な服がたくさん置いてあるんだよね～……

悔しいし、気まずいからここのデパートのショップでは買ってないけど、別の駅ビルに入っているエンプレスで、よく買っている。

「ん？」

ふと、レジから視線をずらしたところ、床にレシートが落ちていた。

ちょうど手が空《あ》いていたので拾いに行くと、私が担当したものだった。しかも今、支払い処理を済ませたばかりのエンプレスのもので、クレジットカード決済のお客様控えだ。

早く渡さなきゃ、大変！

「すみません。少し持ち場を離れます」

「あ、はぁい」

近くにいた同僚に声をかけ、走ってエンプレスに向かう。

ううう、寝不足のせいで頭がぼんやりする。走ることで確実にスタミナが減っていくのがわかる〜！

店内では先ほどの店員が、ちょうどお客様に商品を渡しているところだった。

「失礼します。あの、クレジットカードのお客様控えです」

そう伝えたあと小声で、「レジの近くに落ちていました」と言い添える。お客様を前にして、どこで拾ったかは言わないほうがいいかと思ったけれど、後々『渡し忘れたんじゃないの？』と因縁《いんねん》を付けられては敵《かな》わないので、彼女にだけ聞こえるように、小さな声でこっそり伝えた。

彼女は無言でそれを取ると、お客様に手渡す。

「こちらお客様控えです。スタッフが渡し忘れたみたいで、すみません～！　よく言っておきますので。あっ！　今日買って頂いたワンピ、これからの季節大活躍しますよ。たくさん着てくださいね～」

……えっ⁉

渡し忘れたスタッフって、私？　なに、サラリと人のせいにしてんの⁉

でも、お客様の手前、突っかかるわけにはいかない。

腹立つ～～……！

モヤモヤとイライラを抱えたままショップを出ると、店頭で別の店員がボディに新しい服を着せていた。

──悔しいけど、やっぱりここの商品は素敵だ。それにコーディネートもセンスがいい。

「あ、待って。そのバッグじゃなくて、こっちのバッグを合わせて」

「えっ！　これですかぁ？　あの、なんだか合わないような……」

私も心の中で同意する。そのバッグよりも、すでに置かれているバッグのほうがずっと合ってる！

「ああ、私のセンスを疑わないでよ。本社からの指示なんだよね。このバッグ、かなり売れ残ってるから、少しでも売りたいんだってさ」

「あ～……ストックの中にもたくさんありますもんね。正直これ、ダサいですよね」

「まぁね。でも、こうしてコーディネートさせれば、少しはよく見えて売れるでしょ？　お客様にも積極的におススメするようにね」

ええ……だからって、合ってないバッグをコーディネートするの？　ダサいと思うものをおススメするの？　それって……

「あんまりだよ……」

寝不足でぼんやりしていたせいか、つい口から出てしまった。

「はぁ？」

エンプレスの店員たちがすごい形相《ぎょうそう》でこちらを睨みつけている。しまった、失言……！

「あ！　い、いえ、すみません。なんでもないです」

店員たちは綺麗《きれい》な顔立ちをしていることも相まって、かなりの迫力だ。背中に冷や汗が流れる。蛇《へび》に睨まれた蛙《かえる》って、こんな感じ？

「今、『あんまり』って言ったでしょ。なにがあんまりなわけ？」

「い、いえ、あの……」

「なに？　ハッキリ言いなさいよ」

言えるわけがない！　でも言わないと、余計神経を逆撫《さかな》でしそうだ。

……えーい！

「そのー……さっきのバッグのほうが合っていたなー……なんて……」

「はぁ？　たかがレジ係のくせに、口出してこないでよ。あんたには関係ないでしょ！　黙ってなさいよ」

「で、でも、ハッキリ言えって……」

「あんたの意見なんて求めてないし！」

「す、すみませっ……」

ひぇえええ～……！

総攻撃を受け、情けないことに泣きそうになる。思わず後ずさりすると、誰かにぶつかった。お客様だろうか。

「あっ……申し訳ございませ……っ」

振り返って謝ったところ、そこに立っていたのはさっきカフェにいたタイガーアイ様似の男性だった。

私がぶつかったことにはまったく反応していない様子で、眉間に皺《しわ》を作り、言い合いの原因となったコーディネート済みのボディを見ている。

店員たちは、すかさず声を上げた。

「いらっしゃいませぇっ！　なにかお求めですか？　彼女さんへの贈り物とかですかぁ？」

「新作色々入ってますよぉ〜。どうぞ、見て行ってくださぁい」

声のトーンと態度が、私の時とは全然違う！　すごい笑顔！　いや、お客様に対してなんだから当然かもしれないけど、この人がイケメンだからっていうのも絶対あるよね!?

タイガーアイ様に似てるこの人がエンプレスの店員にデレデレするところを見たくないし、さっさと立ち去ろう。

「……センス悪っ」

エンプレスの店員は、男性の思いがけない言葉に驚いてキョトンとしている。私も同じく目を丸くした。

へ……？

「よくこんなものを店頭に出せるな」

「なっ……」

エンプレスの店員は私に言ったように男性にもなにか言いたかったようだけれど、一応お客様と思い直したようで、グッと堪《こら》えて、口を噤《つぐ》むのがわかった。

「なあ、あんたもそう思うだろ？」

男性は私のほうを向いて、同意を求めてくる。

「えっ⁉」

エンプレスの店員が、視線で人を殺せるんじゃないかってぐらい怖い顔でこちらを同時に見る。

「い、いえ、私は……その、別に……」

センス悪いって思う！　でも、この状態で本当のことが言えるわけない！

「マジで言ってんのか？」

男性はギョッとした様子で、私の顔をまじまじと見てくる。

「え、ええ……まぁ……はは……」

はは……じゃないよ。お願いだから、私に振ってこないで～！

「ふぅん」

冷たい声だった。いや、冷たいっていうか、呆《あき》れたっぽい声……のような気がする。

「揃いも揃って、センスのない奴ばかりだな。服が可哀想だ」

「えっ……」

男性はそれだけ言うと、スタスタとどこかへ歩いて行った。

店員たちはすかさず、口々に文句を言い合う。

「なっ……なんなの、今の……！」

「イケメンだけど、心は不細工じゃん！　腹立つ……！」

――い、今だ！

これ以上エンプレスの店員と揉《も》めることにならないように、私は騒ぎに乗《じょう》じてサッと持ち場に戻った。

……ハッキリ言わなかった私も悪いけど、言い方キッすぎじゃない？　あんな人、全然タイガーアイ様じゃないよ！　外見は似てても、性格は全然違う！　タイガーアイ様は情に厚いんだ！　というか、お願いだから、私に振らないでよぉ～……！

眠気は飛んだけど、すごく疲れた。衣装作りが遅れるとはいえ、今日は徹夜……無理かも。

仕事を終えて家に帰った後、作業が遅れているにも拘《かかわ》らず、私は泥のように眠ってしまったのだった。

◆◇◆

「一花、すごい！　最高の出来じゃん！　ＳＮＳで一部公開してたの見た時からすごいな～って思ってたけど、こうして全体で見るともっとすごいよ」

「ありがとう。頑張ったよ～！　瑞樹のエンジェライトちゃんもすごくいいよ！　頑張ったね」

「気合い入れたからね～！」

――タイガーアイ様似の毒舌男に遭遇《そうぐう》した二週間後、私はコスプレイベントに参加していた。

ストロベリークォーツちゃんの衣装はフリルが多くて、すごく大変だったけれど、とても作り甲斐があった。ピンクのメッシュを入れた金色のウィッグをかぶって、目にはピンクのカラコンを装着している。

いつもは裸眼だから、瞬《まばた》きするたびにコンタクトレンズの違和感がすごい。でも、完璧なコスプレをするためには我慢だ。

瑞樹に大絶賛され、他の参加者さんにも褒《ほ》めてもらうと、あの苦労した日々が報われていく。

あ～……この瞬間、堪らない！　すっごく滾《たぎ》る！　頑張ってよかった！

今日のイベントは、大きなビルの一室を貸し切って行《おこな》われている。ストーン・コレクションのオンリーイベントで、同人誌の即売会がメインだけど、コスプレ参加もＯＫなのだ。

「あの、すみません。一緒に写真を撮ってもらえませんか？」

「あっ……ごめんなさい。私、写真はＮＧで……」

「そうだったんですね。いえ、私のほうこそごめんなさい」

同じコスプレイヤーさんから、一緒に写真を撮って欲しいと頼まれるたびに断るのは心苦しい。でも、顔まで写った画像をＳＮＳに公開されたら、また悲劇に繋がるかもしれない。

「ああ、ストロベリークォーツちゃん可愛い……！　写真、写真～……っと」

立派なカメラを持ったふくよかな男性が、ドタドタと走りながら近くにやってきた。

あ、カメコだ。

カメコとはカメラ小僧の略で、コスプレイヤーの写真撮影を好む人のことだ。

「ごめんなさい。私、写真はＮＧなんです」

「はい、視線くださーい！」

ダメだって言っているのに、彼はシャッターを押し始める。

「ちょっ……ちょっと、やめてください！　データ消してください！」

「はい、スマイル、スマイル～！」

ヤバい。全然話を聞かないタイプの人だ！

「ちょっと、やめてください。この子、写真はＮＧだって言ってるじゃないですか。

データ消してください」

瑞樹が割って入ってくれたけれど、まったく話を聞く様子を見せない。

「あっ！　エンジェライトちゃんとの2ショット、いいね！　いいねぇ〜！　もっと顔を寄せ合っててっ。百合最高ぅう〜！　はい、チュマイルーッ！」

チュマイルーじゃないしっ！　なにこの人っ！　気持ち悪いっ！

そのうち寝そべって、際どい角度から撮り始めた。

「おパンチュの再現度はどうかな〜？　はい、邪魔なスカートよけますよぉ〜！」

カメコは上半身だけ起こして私のスカートの端を掴《つか》むと、そのままめくり上げようとしてくる。

「ちょ、ちょっとぉっ!?」

「うわ、あの人、またいる！　知ってる？　ある意味有名人だよね」

「うちも知ってる〜！　この前も別のイベントで騒ぎ起こしてたよね。キモ……」

どうやらマナー違反で有名なカメコらしい。

運営に助けに入ってもらいたいのに、ちょうど別のトラブルに対応しているようで、こちらに気付いてもいなかった。

こんな画像、ＳＮＳに出回ったら精神的に即死ものだし、出回らなかったとしても所持されること自体が嫌だ。

膝上のミニスカートだから、万が一のため、下着が見えないようにインナーを穿《は》いている。でも下着じゃないとはいえ、やっぱり嫌～……！

スカートの裾を押さえて「やめてください」と強く言うことしかできず困っていると、長身の男性が近付いてきて床に寝そべるカメコの背中を踏ん付けた。

「痛っ……！　ちょっ……なにするんだよぉ！」

カメコは大声を上げて激怒するけれど、背中を踏まれているせいで起き上がれない。

「『なにするんだ』はお前だ。変態か。警察に突き出されて当然のことしてるって、わかってんのか？　ほら、カメラ貸せ」

す、すごい。かっこよすぎでしょ！　……ん⁉

彼の顔を見て、ギョッとする。私を助けてくれたのは、二週間前に出会ったタイガーアイ様似の男性だった。

「一花、この人……」

瑞樹も気が付いたようで、こっそり耳打ちしてくる。

な、な、なんでこんなところに⁉

彼はカメコからカメラを奪い取ると、勝手に弄《いじ》りだした。

「おい！　ぼ、僕のカメラに触るなよ！」

「ルール違反した罰だ。データ、削除するからな」

「なっ……なんの権利があってそんな……やめろ！　僕のお宝写真だぞ！」

必死にカメラを取り返そうと暴れるけれど、手足をバタバタ動かすことしかできない無様《ぶざま》な状態になっていた。

「これで消えたな。ほら、返してやる」

男性はカメコの前にカメラを置き、彼がカメラを手に取った瞬間、足を退《ど》けた。

「あ……あぁ……本当に消えてる……っ！　ストロベリークォーツちゃんとエンジェライトちゃんのおパンチュが……」

パンツじゃない！　インナーだってての！　ていうか、どっちにしろ最低っ！

「今度同じようなことやったら、警察に突き出すぞ」

「どうかしましたか!?」

ようやく別件のトラブルを片付け終えた運営がこちらにやってくるのを見て、カメコは慌てた様子で会場から走り去っていった。

「写真NGだって説明しても強引に撮ってきて……でも、この方が助けてくれたので大丈夫です」

固まってなにも言えずにいる私の前に瑞樹が立って、話してくれた。

「そうでしたか。対応が遅くなって申し訳ございませんでした」

「小太りで眼鏡、右目の下にホクロがありました。すでに全部消しましたが、デジカメのデータにこの人たち以外にも、明らかに嫌がっている女性コスプレイヤーの写真がたくさんあったので、早急に措置《そち》を取ったほうがいいと思います」

「そうだったんですね。わかりました。人物を特定出来次第、対処します。他のジャンルの運営にも、情報をシェアしますね」

「はい、お願いします」

運営は私たちやタイガーアイ様似の彼に深く謝罪してから、持ち場へ戻っていった。

「本当にありがとうございました」

瑞樹が彼にお礼を言うと、「いえ」と簡素な言葉が返ってくる。

くそー……悔しいけど、恩着せがましくあれこれ言わないところがカッコいい。

私もちゃんとお礼が言いたい。

彼は私の顔なんて覚えていないだろうし、コスプレしているから覚えていたとしてもわからないに違いない。

そう考え、瑞樹のうしろに隠れていたけれど、意を決して前に出る。

「あの、助けてくれてありがとうございました。本当に助かりました」

お辞儀《じぎ》をしてから頭を上げて彼の目を見ると、眉を顰《ひそ》めてジトリと見つめられた。

え、なに？

「お前、八越《やつこし》デパートにいた、奥本だろ。エンプレスの店員にフルボッコにされて、情けなくモジモジしてた奥本」

「えっ……」

なんでわかるの……!? というか、なんで名前知ってるの!?

「いやぁ……違います、よ」

冷や汗をかきながら否定すると、ククッと笑われた。

「お前さ、嘘吐くの下手すぎ。コスプレしてるから、わかんないとでも思ったのか？ 普通にわかるぞ」

ああ、これは言い逃れができない……

「あ、あの‐……このことは内密にお願いします。バレたら、その、まずくて……」

口止めしなくとも、「八越デパートの奥本ってヤツがコスプレイヤーだったんだよ」なんてこと言うとは思わない。でも、過去のことがトラウマになっていて、約束をしてもらわないと落ち着かない。

「へえ、そうなんだ」

「はい……」

頷《うなず》くと、彼は上から下まで私を品定めするように眺める。

ちょ、ちょっと、なに、その目……！

「……うん、この前も思ったけど、いいな。理想的」

「え？」

いいって、なにが……？

「その場でクルッと回ってみてくれるか？」

「え？　え？」

「ほら、早く」

「はぁ……」

なんで、そんなことを……

怪訝《けげん》に思いながらも言われた通りにクルリと回ってみると、彼は満足そうに頷《うなず》く。

「うん、やっぱりいいな」

だから、なにが……？

「ヒール履いてるから、それを引くと……身長は百六十センチってところか？」

「は、はぁ……そうです」

「体重とスリーサイズは？」

「はっ!?　そんなの教えるわけないじゃないですかっ！　いきなりなんなんですかっ……！」

この人、さっきから意味不明なんだけど！

「お前に折り入って、頼みたいことがある」

「は？」

なに、それ……というか、知り合ったばかりの人にそんなこと言い出すなんて、どう考えても怪しいんだけど……！

「嫌です！」

石を投げられたら反射的に避《よ》けるように、私は間髪《かんはつ》を容《い》れずに断った。

「まあ、突然言われたら、そうなるよな。どうしたら聞いてくれる？　金か？　いくらなら考えてくれる？」

お金……！

キュンとしたけど、いやいやいや！　と首を左右に振った。

「確かに私のお財布は薄っぺらいですし、お金がもっとあったらいいな～！　宝くじ当たんないかな～？　とか常々考えてますけど、見ず知らずの人にお金をたかるなんて真《ま》似《ね》しません！　どんな条件でも聞きませんよっ！」

「……ふぅん？　どんな条件でも？」

ジッと見つめられると、変な汗が出てくる。

み、見ないでよ～……っ！　ただでさえパニックなのに、余計パニックになる……！

頭の中が真っ白になって、口が勝手に動く。

「ど、どんな条件でもですよっ！　コスプレが趣味だって会社の人にバラされたとしても、私は絶対、絶対言うことなんて……っ」

——あ、なんか私、余計なこと言ってない……っ!?

「ふーん。じゃあ、バラすか」

「はぁ……っ!?　え……ちょっ……」

「バラされても、言うこと聞くつもりはないんだろ？　じゃあ、バラす」

「や、やめてくださいよっ！　なんのために、そんな……」

「腹いせ？」

「はぁああぁ!?」

な、なんなの、この人……っ！

「バラされたくなかったら、今夜八時に丸《まる》の内《うち》のハレスホテルのバーで待ち合わせな」

「……は？」

「だからバラされたくなかったら、そこに来いって言ってんだよ」

「はぁ!?　お、脅《おど》すつもりですか!?」

「夜景と美味《うま》い酒が自慢のバーだ。ああ、そんな店に行ったことないから、緊張するか？　じゃあ、お前でも気後《きおく》れしないような庶民的な店での待ち合わせに変更するか」

「ばっ……馬鹿にしないでくださいよっ！　行ったことありますしっ！」

いや、行ったことないけど！　そこはほら、認めたら負けになるっていうか、なんていうか……！

「じゃ、問題ないな。……ああ、一人で来いよ。じゃないとバラすぞ」

彼は言いたいことを一方的に告げると、さっさと会場から出て行ってしまった。

問題大アリだよ！　ああああ……妙なことになっちゃった……

「瑞樹、どうしよう……」

「もう、馬鹿！　一花は墓穴《ぼけつ》掘りすぎなんだよっ！」

「だ、だって～……」

「バラされてもいいから、行っちゃダメ！　危ない目に遭うよ。ホテルのバーなんて、絶対その後、部屋に連れて行かれる流れに決まってるじゃん！　なんかあの人、妙に一花の身体ジロジロ見てたし！　絶対、身体目的だよ！」

やっぱり、そんな流れ……？

血の気がサァッと引く。

いくらタイガーアイ様に似てても、それは絶対嫌――！

◆◇◆

ファーストキスだってまだなのに、脅《おど》されて処女喪失なんてエロ同人でよくある展開みたいなパターンは絶対に嫌だ。バラされたとしても行かない！

……と思っていたのだけど、約束の時刻が近付くにつれて、高校時代オタバレした時のことがフラッシュバックして、気が付けばホテルのバーに足を踏み入れていた。

こんなところに来たの、初めて……

足元はフカフカの赤い絨毯《じゅうたん》が敷き詰められていて、ヒールだと少し歩き辛い。こういうところに行き慣れている素敵な女性なら、スマートに歩けるのだろうか。

薄暗い暖色系の照明の店内には品のいいジャズが流れていて、バーテンダーのうしろにはたくさんのお酒が並んでいる。

カウンターに一人で座っている男性の姿を見つけて、ドキッとする。

うしろ姿でわかる。悔しいけど、うしろ姿もイケメンだ。

――タイガーアイ様がバーにいたら、こんな感じ？　妄想しだしたら止まらない。ストロベリークォーツちゃんと一緒にバーに来て……あ、まだ二人は付き合ってないって設定ね。んで、呑みすぎたストロベリークォーツちゃんが帰れないぐらい泥酔《でいすい》しちゃって、仕方なくホテルに泊まることに……って、そんな妄想してる場合じゃなかった。

「あ、あのー……」

恐る恐る声をかけると、タイガーアイ様似の彼が振り向く。

「ああ、逃げずに来たか。まあ、逃げても職場に行くつもりだったけど」

「うわっ！　そこまでします⁉」

「する。用があるからな」

や、やっぱり、身体目的⁉　もしかしてこいつ私のこと、エロ同人みたいに乱暴する気⁉　エロ同人みたいにーっ！

「まあ、座ってなんか頼めよ。なにがいい？」

メニュー表を受け取ると、値段がすごくて驚く。

一杯二千三百円⁉　た、高〜っ！　漫画五冊買える値段なんですけど！　勿体《もったい》ない！　払いたくない！　今すぐ帰りたい！　でも、帰るわけにいかないし……

「ノンアルコールって、どれですか？」

「なに、お前、酒苦手？」

「いや、苦手ではないですけど、特別好きでもないですし、あんまり強くないので……」

「ふーん？」

酔って部屋に連れ込まれたら嫌だし！　という言葉をなんとか呑み込み、ノンアルコールのモヒートを頼んだ。

緊張して、喉がカラカラだ。一口飲むと、ミントとライムの風味が口の中に広がる。美味《おい》しい！　――けれど、これで二千三百円かと思うと、ミントとライムの爽快感がどこかへ飛んで行ってしまう。

うう、やっぱり高すぎ……

「あ、の……もう、いきなり言わせてもらいますけどっ！」

「なに？」

「黙っている代わりに身体を……っていうのは、絶対に嫌です！　どうか勘弁してください！　コスプレ趣味をバラさない代償は、なにか別のことでお願いします……！」

頭を深々と下げてお願いすると、反応が返ってこない。

あれ？

恐る恐る顔を上げると、お腹を抱えて笑われた。

な、なんで笑うの……!?

「俺の頼みが、やらせろってことだとでも思ったのか？」

「……っ……いや、だって、ホテルのバーっていうし、スリーサイズとか聞くし、そういう流れ……だと思って」

そう答えると、また大笑いされた。

腹立つ～……！

「安心しろよ。お前の貧相な身体に興味はない」

「貧相!?」

失礼な！　普通体型だし！　胸だってCカップはあるんだから！　と言いたいのを

グッと堪《こら》え、眉間に皺《しわ》を寄せて睨んだ。

「じゃあ、なんでこんなところに呼び出すんですか！　紛らわしいんですよ……」

「こういう場所のほうが落ち着いて話せると思ったからだ。あんなところで話すには差し支えのある話だったからな」

「差し支えのある話？」

「まずは俺の自己紹介からしとくか。ほい、これ名刺」

「あ、どうも……」

名刺には『株式会社パルファム　代表取締役社長　円城寺昴《えんじょうじすばる》』と書かれていた。

「代表取締役社長!?　パルファム……って、どこかで聞いたことがあるような……」

「ローズ・ミラーとか、トゥールヌソルとか、スノードロップ・ルルってブランドを知らないか？」

「知ってます」

あ、そっか。どこかで聞いたことがあると思ったら、たくさん有名ブランドがあるアパレル会社だ。

「……って、え!?　すごっ！　こんなに若いのに、あの大企業の社長!?　あ、もしかして若く見えるだけで、結構歳いってます？」

「三十一歳だよ。継いだばかりだからな。父親の会社なんだ」

「ほへぇ～……そうなんですか」

なんか違う世界の人って感じだ。イケメンで代表取締役社長って、すごい……まあ、性格は最悪だけどねっ！　というか、なんでこんな人がオタクイベントにいたわけ？

「お前の苗字は奥本で、下の名前は？」

「一花です。ちなみに二十六歳です」

「ふーん、デパート勤務で、なんの仕事してんの？　八越には何度か足運んでるけど、接客してるところは見たことないな。内勤？」

「女性ファッションフロアのレジ係です。接客はないので、一応内勤ですかね」

「ふーん」

なんでこんな話に……

「あの、本題に入ってもらえますか？　頼みってなんですか？　私がオタクってことをバラさない代わりに、なにかさせるつもりなんですよね？　さっさと言ってもらえますか？　死刑宣告を待ってる罪人《ざいにん》みたいな気分なんですけど！」

ジロリと円城寺さんを睨むと、また笑われた。

なんか、馬鹿にされてない～？

「じゃあ、単刀直入に言わせてもらう。お前、俺の家に住み込んで、トルソー代わりになれよ」

「……は？」

「俺が頼んだ時に、俺のデザインした服を着て見せて欲しい。それ以外は、普通に暮らしてくれて構わない。それが俺の頼み」

はああああああ？

「ああ、もちろん同居に期限は設ける。ずっとじゃなくて、来シーズンのデザインが固まるまで。それでどうだ？」

「いや……どうって言われても、色々突っ込みどころ満載《まんさい》です。第一、社長なのにデザインするんですか？」

「ああ、役職を継ぐ前は、デザイナーだったんだ。今もうちの看板ブランドのローズ・ミラーのデザインは続けてるし、他のブランドの監修もしてる」

「ほぁぁ……そうなんですか」

「なんだその間抜けな声」

「いや、なんか驚きで」

イケメンで、社長で、デザインまでできる？　なに、どれだけハイスペックなの？　なんか眩《まぶ》しい！　太陽直視してるみたいなんですけど！　いや、太陽は直視できないけども！

「来シーズンに向けて、今までにない新しいデザインを生み出したいと思ってるんだけど、どうもインスピレーションが刺激されなくてさ。実際の人間をトルソーにできたら、いいアイディアが浮かぶんじゃないかって漠然と思ってたら、お前に出会ってさ。ビビッときた」

「ビビッとって……」

それって私が、よほど円城寺さんの好みだった……的な⁉

「いや、もう驚いた。だって理想が歩いてるんだからさ」

なに、このシンデレラストーリー的な話！

「り、理想って、そんな……」

「十人並みの容姿と、平均を絵に描いたような体形、お前こそ俺の理想としていたトルソーだ」

「はっ倒しますよ。お断りです！」

自分の容姿が平々凡々か、それ以下なのだろうと自覚はあったけれど、改めて言われると腹が立つ。

なんて嫌な奴！

「なんで？　あ、彼氏がいるから男の家に住むのはまずいとか？」

「彼氏なんていませんけど、嫌ですっ！」

フンッと顔を背《そむ》けて、あからさまな態度を取ってやった。

「ふーん、じゃあ、バラされてもいいのか？」

それは困るけども、意地を張ってしまう。

「ええ！　ええ！　バラしたいんだったら、ご自由にどうぞ！　私には長年オタクを隠し通してきたスキルがありますから？　しらばっくれてやりますよ！」

「じゃあ、直接これを聞かせれば、相手に信じてもらえるな」

『ええ！　ええ！　バラしたいんだったら、ご自由にどうぞ！　私には長年オタクを隠し通してきたスキルがありますから？　しらばっくれてやりますよ！』

自分の声が隣から聞こえてきたのに驚いて円城寺さんのほうを見ると、スマホを持っていた。

「なっ……ろ、録音してたんですか⁉」

「なにかに使えるんじゃないかと思ってな」

「なにかって脅《おど》す道具以外ないじゃないですか！　最っ低！　卑怯《ひきょう》者っ！　イケメンだからっていい気にならないでくださいよねっ！」

「罵倒《ばとう》するのか、褒《ほ》めるのか、どっちかにしろよ」

はっ！　私ったらつい……！　悔しい！

「で、返事は？」

円城寺さんは録音したスマホを左右に振りながら、問いかけてくる。

本当に嫌な奴～！

「普通に暮らすって言われても、無理ですから！　他人の家なんて寛《くつろ》げませんし！　私はデリケートな人間ですからっ！」

「まあ、確かに、職場でのオタバレを必要以上に怖がっているあたり変なところはデリケートそうだけど、他は図太そうに見える」

「ちょっ……どこが図太いんですか！」

「こういうところ？」

どういうところだよ～……！　もう、いちいち腹が立つ！

「まあ、一度俺の家に来て、見てから決めろよ」

「は!?　い、嫌ですよ。よく知りもしない男の人の家に行くなんて！」

「襲われるとでも思ってんのか？」

小馬鹿にしたような笑みを浮かべながら尋ねられた。

『お前ごときを襲うとでも思ってんのか？　大企業の社長で女なんて選《よ》り取り見取りの、この俺様が？（失笑）』

とでも言われているような気がして、腹が立つ。

「思ってませんけどっ……」

「じゃあ、決まり。飲み終わったら行くぞ」

ああ、変なことになってしまった……

――とはいえ、ひとまずついて行きはしても、あれやこれやと文句を付けて、絶対に断る方向に持っていこうと思ったのに……

「ひぇ……」

円城寺さんの自宅は、文句の「も」の字も出ないほど素敵な三十階建ての高級マンションだった。

マンションは駅から徒歩四分の場所にあり、コンシェルジュが二十四時間常駐していて、広いエントランスにはホテルのようにソファやテーブルが置いてある。しかも噴水まであって、口があんぐりと開いてしまう。同じ敷地内の一階にスーパーやコンビニもあり、マンション内には、住人だけが使えるジムやスパもあるそうだ。

一生このマンションから出なくても生活できるじゃん……

二十七階が円城寺さんの自宅で、高級感溢れる黒の玄関ドア（使われている小さな部品すらも高級そう）を開けると、広い玄関と長い廊下が広がっていた。

あ、こんな風景、テレビ企画の芸能人のお宅訪問！　みたいなヤツで見たことある。

「まず、ここがお前に使ってもらう予定の部屋だ。家具もカーテンもなにもないから、自分好みにしてくれ。特にこだわりがないって言うなら、こっちで適当に用意しておく」

玄関から一番近い部屋の扉を開くと、私の家のリビングよりも広い部屋があった。壁やフローリングは白で統一されていて、ウォークインクローゼットまである。

「次、リビングな」

とんでもなく広いリビングには、こんなサイズのテレビって売ってるの⁉　電器屋さんでも見たことないんだけど！　と言いたくなるような大きいテレビがあり、憎たらしくなるほどオシャレなガラステーブルと、その前には革張りのこれまた大きなソファが置いてある。何人座れるの？　五人？　いや十人くらいはいけそう。

このテレビでアニメを見たり、ゲームができたら、最高だろうなぁ～……

「リビングも自由に使ってくれて構わない。もちろんテレビも見たい時に好きなだけ見ていいぞ」

「いいんですか⁉」

思わず食いついてしまうと、ニヤリと笑われた。

「ああ、もちろん。トルソーになってくれるのならな」

しまった……

「い、いえ、まだ、引き受けたわけじゃないですし」

「ふーん、まあいいや。次はキッチンな」

次々と紹介されていく部屋の数々は、信じられないほど豪華なものばかりで、油断するとまた口があんぐり開いてしまう。

料理教室を開くんですか？　って聞きたくなるぐらい大きいキッチンに、高級ホテルみたいな大きなお風呂に、なぜか洗面台が二つあるパウダールームに、ここでなら住める～！　って思えるほど広いトイレ……なにもかもがすごすぎて、目がチカチカする。

「んで、こっちがアトリエとして使ってる部屋」

扉を開けた瞬間、今までにないぐらい自分が興奮しているのがわかった。

広い部屋の中の大きな机には、デスクトップパソコンとたくさんのデザイン画が山積みになっている。机の隣にはトルソーがあって、部屋の至るところに布が置いてある。本棚には資料としてなのか、ファッション雑誌がたくさん並べられていて、入りきらないものは床にも溢れていた。

すごい！　これがプロのデザイナーの仕事場なんだ……！

ここでどうやって作業してるんだろう。すごく気になる。

「お前、今日見た中で、一番いい顔してるな？　コスプレの衣装を作るってことは、こういうのにも興味があるのか？」

「う……って、あれ？　どうして私がコスプレの衣装を作ってるってことがわかるんですか？　話してないですよね？」

コスプレイヤーには衣装を自分で作っている人もいれば、人に頼んで作ってもらっている人や、既製品で済ませる人もいる。コスプレイヤーだからと言って、衣装を作るとは限らないのに。

「あー……ああ、昼間イベント会場で、エンジェライトのコスプレイヤーと話してただろ。それ聞いてた」

「あっ！　そっか。なるほど……」

「ちなみに興味があるなら、作業中もこの部屋に出入りしてくれて構わないぞ」

「本当に!?　じゃあ、作業を見てもいいんですか？」

思わず食いついてしまうと、円城寺さんにククッと笑いながら「構わない」と言われ、ハッと我に返る。

し、しまった。これじゃ、契約同居に乗り気みたいじゃない！　いや、かなり乗り気……というか、もうここに住んでもいいかな？　って気持ちになっていたのは否定しないけど。いやいやいや、でも、ここは今日知り合ったばかりの男性の家であって、普通に考えて承諾するわけが……

「ほ、本当に、来シーズンのデザインが完成するまでにしてくださいよ！　延長は絶対嫌ですからね！」

「ああ、わかってる」

承諾しちゃったよぉー……！

◇◆◇

一週間後、私は期間限定で彼の家に引っ越してきた。

「すごい。余裕で収まっちゃったよ」

私の部屋ではクローゼットの中からはみ出ていたオタクグッズたちが綺麗《きれい》に収まって、さらになにもない空間がかなりある。今までは物に囲まれた生活だったので、ちょっと落ち着かない。

「終わったのか？」

閉じるのを忘れていたドアから円城寺さんが顔を出す。

「あ、はい、終わりました」

「そういやお前、この家にいる間は前に住んでた家、どうするんだ？　もし退去してないんだったら、その分の家賃も払うけど」

「いえ、実家なので問題ないです」

家賃まで負担とか、太っ腹だなぁ……さすがセレブ！

「親御さんになにも言われなかったか？」

「友達の家でしばらくルームシェアするって言ったので平気です」

「なんか、学生が彼氏んちに転がり込む時みたいな設定にしたな」

「だって、知り合ったばかりの男の人の部屋でしばらく暮らす！　なんて言えるわけないじゃないですかっ！」

「まあ、それもそうか。んじゃ、改めて今日からよろしく。リアルトルソー、期待してるぞ」

「はぁ……なにしていいかわかりませんけど、よろしくお願いします。リビングのテレビ、たびたびお借りすると思うので」

「好きにしろよ」

「うるさいって言われても、深夜まで起きてるのはやめられないですよ」

「だから好きにしろって」

苦笑する円城寺さんの顔を眺めると、綺麗《きれい》な顔立ちで改めて驚く。

そしてタイガーアイ様が三次元に現れたら、きっとこんな感じなんだろうなぁと思う。

そんなことを考えていた私の顔を、円城寺さんがジッと見返す。

あ、ついジロジロ見ちゃった。

すぐに目を逸らそうとしたところ、顎《あご》を掴《つか》まれた。

「それから……」

「え？」

綺麗《きれい》な顔が近付いてきて、気が付いたらチュッと唇を重ねられた。

………………ふぁ⁉

「お望みなら、こっちもサービスするけど？」

今、キスされた……⁉　うん、された！　完全にされた！

「そっ……そんなサービスいりません！」

私は弾かれたように円城寺さんから距離を取り、部屋の隅まで移動した。広い部屋なので、ドアの前にいる円城寺さんとはかなりの距離を取れた。

「や、やっぱりそういうつもりで呼んだんですかっ⁉　エロ同人の展開みたいに乱暴する気ですかっ！　エロ同人みたいにーっ！」

「エロ同人、エロ同人って連呼するな。嫌ならしないから安心しろ。ただお前がジロジロ見てくるから、キスして欲しいのか？　って思ってしただけだ。ほら、そんなに離れてないで、こっち来いよ」

「ほいほいと挨拶《あいさつ》みたいにしないでください！　外国人じゃないんですからっ！　嫌ですっ！　これから私の半径一メートル以内に近付かないでくださいっ！　近付いたら『エロ同人』って連呼しますよっ！　エロ同人っ！」

「もはや語尾がそれになってんじゃねーか。つか、半径一メートル以内に近付くなって、小学生みたいな言い草だな」

へんてこな同居生活がスタートすると同時に、私はファーストキスを済ませてしまうというとんでもないアクシデントに襲われたのだった。

うう……これから、どうなるんだろう……

二着目　新しい生活

実家を出て、いきなり人の家で生活なんて……選択ミスっちゃったかな。ストレスで胃をやられたらどうしよう！　胃薬買っておこう！

なんて思っていたけれど、まったくそんなことなかった。

円城寺さんの家に引っ越してきて、今日で一週間と四日――私はまったくストレスを感じずに生活している。

大きなテレビでプレイするゲームは最高に迫力があるし、アニメ鑑賞は映画館で見ているかのようだ。

仕事を終えて帰宅後、ゲームをプレイしたり、アニメを見たりするのをただでさえすごく楽しみにしていたのに、最近ますます楽しみになってしまった。

ああ、なんて充実した日々……

今日もリビングの大画面テレビでゲームを起動する。

……歌穂さん。今日もオフラインだ。

ここ最近はゲームにもSNSにも姿を現している様子がないし、私が独り言を発信してもまったく反応がなかった。

個人的にメッセージを送ってみるとようやく連絡が取れたけど、最近は仕事がすごく忙しいらしい。

せっかく大きなテレビでプレイできるのに、残念だなぁ……ここに住んでいる間に、少しでも一緒に遊べたらいいんだけど……

円城寺さんは夜遅くに帰ってきて、その後はほとんどアトリエに閉じこもりっぱなし。

私は存在感をできるだけ無《む》にして、そんな彼の作業をたまに眺めさせてもらう。

初めはドアが閉まっていたから入りにくくて、作業を見に行けなかった。でも、顔を合わせた時に『作業を見たいって言ってたのに、全然来ないな』と言われて、行きたくても行きにくいことを伝えたら、終始開けておいてくれるようになったのだ。

最初は印象最悪だったけど、優しいところもあるじゃない……なんて驚いた。加えて最近では、その他のことでも彼に対する見方が変わりつつあった。

夜遅くに帰ってくると、まず円城寺さんはお風呂に入る。しかも決まって十五分以内という短時間……豪華なバスルームなのに、ほとんどをシャワーで済ませているそうだ。

勿体《もったい》ないと言ったら、入浴なんかに時間を取られるほうが勿体《もったい》ないと言われてしまった。

シャワーを終えると、髪も乾かさずにコンビニで買っておいたおにぎりかパンを片手で食べながら仕事を始める。ドライヤーや食事の時間も勿体《もったい》ないそうだ。

私もかなり遅くまで起きているけど、円城寺さんはそれ以上だ。私が寝る時もアトリエの電気がついているし、私が起きた時にはすでに活動を開始している。

一体いつ寝てるんだろう……

そんなことを考えながら、本日も帰宅後リビングで深夜までアニメやゲーム三昧《ざんまい》をしていると、円城寺さんがフラフラとやってきた。

「お前、まだ起きてる？」

「あ、はい、明日は休みなので、まだ起きてますよ」

「ちょうどよかった。仮眠するから、二十分経ったら起こして。今、スマホのアラームじゃ起きれる自信ない。起きなかったら、抓《つね》ったり、叩いたりしていいから、なんとしてでも起こしてくれ」

円城寺さんはソファにごろんと横になり、疲れた様子で大きなため息を吐く。

「別にいいですけど、そんなに疲れてるならちゃんと寝たほうがいいんじゃないですか？　というか、毎日いつ寝てるんですか？　ここに来てから一週間ちょっと経ちますけど、全然寝てる気配がないんですけど……」

「そういやここんとこ仮眠ばっかりだな。でも、寝てる時間が勿体《もったい》ない。必要最低限の睡眠だけ取れればいい」

仕事にストイックだなぁ……

テレビの音量を下げようとリモコンに手を伸ばしたら、もう寝息が聞こえてきた。

寝るの早っ！　いや、それだけ疲れてるんだよね。

社長って忙しいイメージはあったけど、ここまで忙しいとは思わなかった。

あっという間に二十分が経ったので声をかけるけれど、起きる様子がまったくない。

身体を揺さぶったらようやく起きて、あくびをしながらアトリエへ戻っていった。

その後、私が寝る時間になってもアトリエの電気はついていて、翌日昼頃に起きた時にはもう会社に行ったようで姿がない。

私は休日なのでコスプレ衣装を作ったり、ゲームをしてダラダラしていると、夕方頃に一度円城寺さんがローズ・ミラーのショップバッグを片手に帰宅した。

「一花、いるか？」

下の名前で呼ばれ、ドキッとする。

「お、お帰りなさい。随分早かったですね」

同居の初日から思ってたけど、挨拶《あいさつ》代わりのように簡単にキスしてくるところとか、サラリと下の名前で呼ぶところが、なんだかとても女慣れしてる感じがする。

いや、これだけのスペックなんだから、女性経験が少ないわけないとは思うんだけども……。

「仕事？」

「ああ、これから自宅作業。んで、お前にも仕事頼む」

円城寺さんはローズ・ミラーのショップバッグを私の前に差し出す。

「トルソーだよ。リビングで待ってるから、着てきて」

「あ、はい」

とうとうこの時が来た～……！

自室に行ってショップバッグの中身を見ると、春らしい黄色のシフォンワンピースが入っていた。

ローズ・ミラーの象徴である薔薇《ばら》の柄がうっすらと入っていて、薄く控えめだからこそ上品に見える。ラウンドネックにAラインで女性らしいデザインだ。

「うわぁ……」

なんて素敵なんだろう。

袖《そで》を通して姿見の前に立つと、いつもとは一味違う自分が映っていた。あまりにも素敵だから、自分まで素敵に見える。

メイクしておいてよかった！

今日は休みだけどちょっとした買い物があって少しだけ出かけたから、ちゃんとメイクをしていた。せっかく素敵なワンピースを着ているのに、ノーメイクじゃ台無しだ。

早くリビングに行かないといけないとわかっていても、浮かれて姿見の前でクルクル回ったところ、透け感がちょっと気になった。

「うぅん？」

薄い色だから下着が透けちゃうかも。一応インナードレスを着ておこう。

インナードレスを着てからもう一度ワンピースを着ると、今度は透け感が気にならなくなった。でも、ちょっと残念な気持ちになる。

このインナードレスは、前に試着せずに買った服が思いのほか透けてたから、急遽《きゅうきょ》買ったものだ。予想外の出費だったし、なんかちょっと損した気分になった。

私には手持ちのインナードレスがあるけど、このワンピースを買う人には同じ経験をしてほしくない。

透けないようにするか、セットでインナードレスも付けてくれたらいいのになぁ……

でもこれ、発売になったら、絶対に買う！　ローズ・ミラーのワンピースの値段は、一着一万円から一万五千円あたりだったはずだし、うん、買える！

「円城寺さん、着ましたよ」

リビングに入ると、ソファに座っていた円城寺さんが振り返って……『うげ』と顔を歪めるのがわかった。

え、その顔はなに？　私、うしろ前逆に着てる？

「うわぁ……似合わねーな」

「あぁんっ!?」

オブラートに包むってことを知らないのか！

「田舎のヤンキーみたいな声だな」

思わず威嚇《いかく》してしまうと、噴き出された。

「だって失礼じゃないですかっ！　確かにこの素敵なワンピースに私は不釣り合いかもしれませんよ？　でも大人なら、オブラートに包んで言うべきでしょうよ！」

「ああ、悪い。違う。お前が悪いんじゃなくて、俺のデザインが悪い。かなり調整が必要だな」

「えっ!?　こんなに素敵なのに？」

「いや、首回りの開き具合とか、丈の長さとか、そもそもシルエットがダメだ。俺がイメージしたのと全然違う」

どれも完璧だと思うけれど、円城寺さん的にはダメらしい。

こんなに素敵なのに、まだこだわるんだ。プロってすごい。

なんか私の中にある円城寺さんのイメージがどんどん変わっていく。……それも、良い方向に。

会社を継いだってことは父親が社長だったってことでしょ？　御曹司ってことだよね。生まれた時から将来安泰で、外見も芸能人顔負けってくらい良くて、デザインの才能まであって……最初は、ふてぶてしい態度も手伝って、なんの苦労もせずに生きている人ってイメージだった。

でも、今はそんな風に思っていたことに、申し訳のない気持ちでいっぱい……

円城寺さんは誰よりも努力してる。すごく頑張り屋だ。

「着た感じ、なんか気付いたところとか、改善して欲しいところとかある？」

「えっ！　私も意見出していいんですか？」

「ってことは、なにか気付いたことがあるんだな。言ってくれたほうが助かる。なんでもいいから言ってみてくれ」

「えーっと……この服、地味に透けるので、今、自前のインナードレス着てるんですよね。もし可能だったら透けないようにするか、インナードレスをセットにして売って欲しいなぁって……インナードレスを持っていなかったら、ワンピースを買った後にこのワンピースの丈に合わせたインナードレスも探さないといけないわけで……面倒だし、損した気分になるなぁって」

「……なるほどな。うん、やっぱりお前にトルソー頼んでよかった。ありがとな」

円城寺さんはニッコリ笑うと、私の頭をポンと撫《な》でる。

こういうさり気なく触れてくるところとか、やっぱり女性慣れしてるなぁ～って思う。

そして、ドキッとしちゃう自分が悔しい。

「写真撮らせて。資料にするから」

「あ、はい」

スマホで写真を撮ると、円城寺さんは満足そうに頷《うなず》く。

「これでよし……っと。脱いだらアトリエに置きにきて。俺は作業してるから」

「わかりました」

着替えを終えてアトリエへ向かうと、一生懸命に作業をしている円城寺さんの姿が見える。

私もトルソーとしてだけじゃなくて、他のことでも円城寺さんの役に立ちたいな……

自然とそんな気持ちが生まれて、自分でも驚く。

オタク活動以外に極力時間を割《さ》きたくないと思ってきた私が、人のためになにかしたいなんて思うのは初めてだ。

でも、平々凡々な私が、ハイスペックな円城寺さんの役に立てることなんてあるのかな。

「うぅーん……あっ」

――うっかりしてた。円城寺さんにしてあげられることは思いつかなかったけれど、今日はストーン・コレクションのコミカライズ漫画が載ってる雑誌の発売日だったことを思い出した。

買いに行かなくちゃ！

お財布を持って玄関へ向かう前に、アトリエに顔を出す。

「円城寺さん、私コンビニ行きますけど、なにか買ってきて欲しいものありますか？」

「ああ、悪いな。それじゃあ片手で食えるようなもの買ってきて。おにぎりでもパンでも、なんでもいいから」

「わかりました」

……あ、そうだ！

平々凡々な私にもできること、見つけた！

私はコンビニで雑誌を買った後、スーパーへ行って食材を買い込んだ。

「片手で食えるものを買ってきてって頼んだはずなのに、なんでこんなことになってるんだ？」

円城寺さんの家で私は普段、実家から古い炊飯器を持ってきて（円城寺さんは自炊しないということで、この家には炊飯器がなかったのだ）米を炊き、海苔《のり》やたらこをおかずにしたり、卵かけご飯にしたりして食べている。

　味噌汁は夜に多めに作っておいて冷蔵庫に入れ、朝も飲んで、まだ余っていたらその日の夜にまた飲む……という質素な食生活を送っていた。

　ということで、料理らしい料理はしていない。そんな時間があればオタク活動に精を出す！　と、必要最低限にも満たない食生活をしていた。自分のためだけにご飯を作る気にはならない。でも、円城寺さんにしてあげられることはなにかと考えた結果、料理しようと決めたのだ。

「毎日パンやおにぎりだけなんて身体に悪いですよ。時間が勿体《もったい》ないなら、さっさと食べ終えればいいんです。でも、ちゃんとよく噛んでくださいね。あ、火傷《やけど》しないように気を付けて」

　まあ、料理といっても、鍋だけど。今日は味噌鍋だ。豚肉、ネギ、白菜、豆腐、しめじ、モヤシが入っている。

　オシャレな部屋に鍋ってなんだか釣り合わない。しかも鍋敷きがないから、新聞紙を敷いている始末だし。でも、ご飯はご飯だ。

「カセットコンロがないので温め直しができないんですけど、まあ、まったり食べるんじゃなくてサッと食べるだけだから問題ありませんよね」

「それは問題ないけど……あ、美味《うま》い」

『時間が勿体《もったい》ないって言ってるだろ。こんなの食ってられるか！』なんて食べてもらえない可能性も考えていたけれど、円城寺さんは意外にもあっさり席についてくれた。

「たくさん作ったので、どんどん食べてくださいね。あ、ご飯もありますよ」

「ん」

美味《うま》い……かぁ。なんか嬉しくて、胸の奥が少しくすぐったくなる。

男の人に手料理を振る舞ったのなんて初めてだ。いや、料理っていっても、ただの鍋だけど。

「そうだ。材料費出すから、あとでいくらか教えて」

「あ、助かります。じゃあ、半分……」

「いちいち計算するの面倒だろ。全額俺が払う」

「太っ腹！　さすが社長！」

「いや、社長じゃなくても、男なら普通は払うだろ」

男の人に料理を振る舞ったことなんてないのでわかりません！　と言うのは恥《は》ずかしいので、笑ってやりすごす。

「明日からの夕食は、私がとっておきの料理を作りますからちゃんと食べてくださいね」

「え、いや、俺はいつも通り片手で食えるようなものを買って食べるからいい。別に食事に興味ないし、空腹さえ満たせればいいからな。食ってる時間が勿体《もったい》ない」

「いーえ、ダメです。いいですか？　今はそれでいいかもしれませんよ？　でも五年後、十年後を想像してください……」

ため息混じりに、少し低い声で語りかける。

「なんだよ」

「十年後、四十一歳……円城寺さんは社長として現役バリバリに働いてい……るかと思いきや、働きたいのに働けず、入退院を繰り返しています。そう、食生活をおろそかにしていたことがたたり、身体を壊してしまったのです。ああ、なんということでしょう……」

「ちょ……ナレーション風に嫌なこと言うのやめろ」

「私も素晴らしい食生活を送っているわけじゃないので偉そうには言えませんけど、円城寺さんみたいな働き方な上に、あの偏《かたよ》った食生活は絶対ヤバイですよ」

「そうか？」

「はい、私のお母さんの知り合いの知り合いに、円城寺さんほどではないですけど、すごい残業ばっかりしてる人がいて、その人は食べるより寝たい……って感じで雑な食生活を送っていたところ、突然死したらしいです」

「元々持病があったとかじゃなくて？」

「すごく元気な人だったそうです。でも、突然死しました。突・然・死！」

「何度も繰り返すのやめろ。わかった。食う。食うから」

円城寺さんって意外に素直だから、ちょっと可愛く思えてしまう。ちゃんと寝ることもすすめたけれど、これぱかりは聞いてもらえず、彼はまたアトリエに戻ってしまった。

「ふぁ……眠……」

深夜三時、ゲーム機の電源をオフにし、フラフラと自室に戻る。小腹が減ったけれど、今食べたら太ってしまうから我慢……

アトリエでは今も円城寺さんが作業を続けていて、終わりそうな気配はまったくない。円城寺さんもお腹空いてないのかな？

あ、そうだ。

私は自室に戻るのをやめて、キッチンへ向かった。手を洗ってボウルに今朝炊いて保温しておいたご飯を入れて、塩昆布と鮭フレークを入れて混ぜる。

手に少し塩を付けて軽く握り、海苔《のり》を巻けば……はい！　塩昆布鮭フレークおにぎりの完成！　これが結構美味《おい》しい。

男の人だから大きめのおにぎりがいいかな？　と思ったんだけど、予想以上に大きすぎたかも？　私の片手では持ちきれないほどの大きさになってしまった。

食べる時に彼の手が汚れないようにラップに包み、朝飲むために作っておいた味噌汁を温め直して、お椀……は作業しながらだと飲みにくそうだし、零《こぼ》しそうなので、マグカップに注《つ》いだ。

それらをトレイに載せて、アトリエへ運ぶ。

「円城寺さん、お疲れ様です〜」

「ん、どうした？」

円城寺さんは机から顔を上げず、作業をしながら返事をする。

「夜食ですよ。そろそろ小腹が空《す》いてくる時間だと思って」

「夜食？　夕飯の鍋といい今日はどうしたんだよ。やけに気遣ってくれるな……って、でかっ！」

顔を上げた円城寺さんは、おにぎりを見て目を丸くした。

「あ、やっぱり大きすぎました？　男の人だから大きめにしたんですけど」

「大きいってレベルじゃ……ぷっ……ははっ……やばっ……ツボにハマった……あははっ……！」

円城寺さんはおにぎりを見ながら、お腹を抱えて笑い出す。

まさか、ここまで笑われるとは……

「円城寺さん、疲れすぎて、笑いのツボ浅くなってません？」

「いや、疲れてなくてもこれは笑うだろ。はー……腹痛い。お前……なんでそんな面白いんだよ。さっきまですごい眠かったけど、今ので目ぇ覚めた。化け物おにぎりと、お、味噌汁まであるのか。ありがとな」

「化け物おにぎりって失礼ですねっ！　もう……じゃあ、私は寝ますので。おやすみなさい。円城寺さんも、少しでもいいから寝たほうがいいですよ」

「ん、おやすみ」

挨拶《あいさつ》をしてアトリエを出たけれど、部屋に戻る間も、戻ってベッドに入ってからも、円城寺さんの笑っている姿が目に焼き付いて離れない。

も～……なんで離れないの？

私は悶々《もんもん》としながら眠りについた。

◆◇◆

自分でもよくわからなかったけれど、翌日も事あるごとに円城寺さんの笑顔を思い出してしまった。

次の日も、その次の日も夜は約束通り、円城寺さんに夜ご飯を用意する。

まさか私が積極的に料理をするようになるなんて……

オタク活動以外に時間を使うのが勿体《もったい》ない！　と思って、実家ではほとんど料理なんて作ってなかったのに、作るようになってからもう一週間が経つ。自分の変化に驚きだ。

いつもは深夜に帰ってくることが多い円城寺さんだけど、今日は二十時過ぎに帰ってきた。作りたてのほうが美味《おい》しく食べられるからよかった。温め直すと野菜がしんなりしちゃうからね。まあ、それはそれで私は好きだけど。

「なあ、今日はとっておきの料理を作るって言ってなかったか？」

「言いましたよ。毎日作ってるじゃないですか。鍋」

「鍋って、とっておきの料理か？　それも一週間続くとは思わなかった」

「味は違うじゃないですかっ！　今日は塩鍋で、昨日は醤油《しょうゆ》でしょ？　それから一昨日はちゃんこだったし……」

円城寺さんの器の中が空っぽになったのを見て、すかさず盛り付ける。

「味は違っても、鍋は鍋だろ」

「だって美味《おい》しいし、野菜も肉もたくさん食べられて栄養が取れるし、簡単だし、いいこと尽くめなんですもん。味を変えれば全然飽きないし。まあ、円城寺さんが飽きたって言うなら、明日はなにか別のものにしてもいいですけど。チッ」

「舌打ちしすんな。まあ、俺は食えればなんでもいいけど」

「そう言いながら、今さっき不満そうにしてたじゃないですかっ！」

「とっておきの料理って言ってたから突っ込みたくなっただけだ。でも、なんで急に料理なんて作ってくれるようになったんだよ。夜食まで作ってくれてさ。お前、俺のこと嫌いだろ？」

答えるには恥《は》ずかしい質問をされたのと同時に、図星を突かれてドキッとしてしまう。

「いや、確かに最初は嫌いでしたよ。だってあんな脅《おど》され方したんですから、嫌って当然でしょう？　あれを逆に好き！　すっごく好印象！　なんて人がいたら、ドMにもほどがありますよ」

「まあ、そうだろうな」

「でも、仕事を頑張る円城寺さんを見てたら、なんか好印象というか……応援したくなったというか、なんというか……」

な、なんか、照れくさいというか、気恥《きは》ずかしいというか……モゴモゴと小さな声で話すと、円城寺さんがククッと笑う。

「もう、なに笑ってるんですかっ！」

「悪い、悪い。なるほど、そういうわけか」

く～……恥《は》ずかしい！

「それよりも円城寺さんは、寝なさすぎです。しっかり休息も取らなきゃ！」

「一花が添い寝のサービスをしてくれるなら、考えてやってもいいけど？」

「なっ……！」

動揺してお玉を落としそうになり慌てる私を見て、円城寺さんはまた笑い出す。

か、からかわれてる……！

「そんなサービスはしません！　でも、ちゃんと睡眠を取ってくれないなら、トルソーになってあげませんよ」

「オタクってバラされても？」

「私をトルソーとして使いたいのは、十人並みの容姿と、平均を絵に描いたような体形だからなんですよね？」

自分で言うのって、悲しい……！

「まあ、そうだな」

「円城寺さんが睡眠を取ってくれないなら、暴飲暴食してデブって、平均体型から肥満体型になってやりますよ。それでもいいんですか？　というか私もコスプレできなくなっちゃって困るので、ちゃんと寝てください！」

そう言うと円城寺さんは一瞬キョトンとして、すぐに爆笑し始めた。

よく笑う人だなぁ～……

「わかった、わかった。あ～……本当に面白い奴だな。まあ、今までよりは寝るようにするよ。デブられたら困るからな」

「はい、約束です。あ、おかわりいります？」

「ああ、もらう」

いつもおにぎり二個しか食べてなかったから、小食なのかな？　と思ってたけど、円城寺さん……実は結構食べる。

化け物って言われたくらいのドデカいおにぎりも完食してたし、鍋もちゃんと完食してくれる。

器に盛っていると、円城寺さんが器じゃなくて私のほうをジッと見ているのがわかった。

なに？　私の顔になにか付いてるとか？　いや、それならジッと見てないで、ハッキリ言いそうだし……

「そういやさ、悲惨《ひさん》な面接事件ってなんだよ」

「えっ！　ど、どうしてそれを……」

「八越デパートのカフェで話してただろ。俺、隣の席にいた。目ぇ合ったと思ったんだけど、覚えてない？」

「いや、覚えてますけど……円城寺さんが私を覚えてたのが衝撃です」

記憶力いいなぁ～……私は円城寺さんがすっごいイケメンだったから覚えてたけど、私みたいに特徴のない平々凡々な人間を覚えてる上に、話の内容まで覚えてるとは……

「盗み聞きするつもりはなかったけど、声デカいから聞こえてきた。んで、なに？　面接事件って。地味にずっと気になってたんだけど」

「ああ、あれはですねー……」

隠すような内容でもないし、私は服が好きなのでショップ店員を目指そうと思ったこと、そして面接で言われたことを話した。

「……それで、ショップ店員は諦《あきら》めて、デパートのレジ係をしている……というわけです」

「メンタル弱いな。変なところは図太いのに」

「変なところは図太い……っていうのは余計なんですけど!?　もう、自分でも打たれ弱すぎだとわかってますよ～……でも、それからどうしてもショップ店員を目指すことには消極的になっちゃったんですよね～……」

「ふぅん」

「あ、私も質問いいですか？　気になってたことがあるんですよ」

「なに？」

「円城寺さんは、どうしてデザイナーになったんですか？　いつかは社長を継ぐなら、最初から経営業だけに専念するっていう選択肢はなかったんですか？」

「ああ、なかったよ。というかずっといちデザイナーでいるつもりだったからな。俺、次男だから、本当なら兄貴が社長業を継ぐはずだったし」

「えっ！　お兄さんがいるんですか？　えーっと、そのお兄さんは……」

口にしてからハッとする。まさか不幸な話系？　ま、まずいことを聞いてしまったかもしれない。

緊張と動揺で顔を強張らせていると、円城寺さんが笑う。

「お前って、すぐ顔に出るよな。あー……腹痛い。大丈夫。全然暗い内容じゃないから、安心していいぞ」

「あ、そうなんですか？　よかった……」

「単に兄貴がファッション業界に興味がなくて別の業種に就《つ》いたから、次男の俺が継いだってだけ。ちなみに兄貴はテレビ業界にいるよ」

「あ、そうだったんですか！　よかったー……」

「元々兄貴が継ぐ予定で、俺もファッション業界が好きだから、自分になにができるのかなーって考えた時に思いついたのがデザイナーだったんだ。んでデザイナーとして働いている最中に兄貴がやっぱり別の業種に就《つ》きたいって告白したから緊急家族会議をして、俺が社長に就任したってわけだ」

「はぁ～……いいご家族ですね」

「まあ、そうだな。俺もいい家族だと思ってる」

――そういう照れ臭い話も、否定せずに認めるところが好印象だった。

私は素直じゃないから、家族を褒《ほ》められることがあれば、照れてそんなことないって口にしているところだろう。こういうところ、見習いたいな～って純粋に思う。


「ん……あれ？」

食事を終え、洗い物を済ませてお風呂に入った後、ベッドの上に転がって漫画を読んでいたら、いつの間にか眠ってしまったようだ。

今、何時……!?

「あ……よかった。まだ十二時だ」

飛び起きてスマホを手に取った私は、深夜アニメタイムを過ぎていないことを確認し、ホッとしてふたたびベッドに寝そべる。

十二時……なにか、忘れてるような？

また何気なくスマホの画面を見ていると、瑞樹からメッセージが届いていた。

なんだろう。

すぐに開いたところ、『タイガーアイ様とストロベリークォーツちゃんのフィギュア当たった?』と書いてあって、血の気がサァッと引いていく。

そうだ！　今日は、ストーン・コレクションのキャラクターくじの開始日だった！

絶対日付が変わる前に並んで、くじが設置されたと同時に引こうと思ってたのにっ！

キャラクターくじとは、コンビニ、ホビーショップ、書店などで販売されるハズレなしのくじだ。

ホビーショップや書店だと開店時刻と同時にくじを引くことができるけど、コンビニは別！　開始される時間帯はコンビニによって違うので、確実に開始時刻から引きたい人は問い合わせが必要だ。

私は事前に、円城寺さんの家の近くでキャラクターくじの取り扱いをしているすべてのコンビニに問い合わせ、少し離れたコンビニが一番早く、十二時ちょうどから開始するとの情報を入手していた。

節制生活のおかげで資金は十分にある！　準備もバッチリ！　それなのに寝過ごしてしまうなんて〜……！

私は慌ててルームウェアからカットソーとジーンズに着替え、ロングカーディガンを羽織り、スマホと財布と鍵を小さなショルダーバッグに入れて斜め掛けし、走って玄関へ向かう。

ここからキャラクターくじを開催しているコンビニまでは徒歩十五分！　走ったら十

分で着くだろうか。パンプスじゃ満足に走れない。スニーカーを履いていこう！

「あっ！　スニーカーは実家だった～！　じゃあ、せめてかかとが低い靴を……」

「一花、なに騒いで……なんだ。こんな時間にどこか行くのか？」

私が騒ぐのを不審に思ったのか、円城寺さんがアトリエから顔を出す。

「コンビニです！　十二時からストーン・コレクションのキャラクターくじが販売開始になるんです！　ずっと前から心待ちにしてたのに忘れちゃって……」

「ふーん」

反応薄っ！　非オタクにとってはどうでもいいことかもしれないけど、私にとってはすっごく重要なんだから！

「ちょっと待ってろ」

「え？」

円城寺さんはアトリエではなく、寝室へ向かった。

珍しい。今日は早めに寝るのかな？　というか今、待ってろって言ったよね？　でも、なんで寝室へ行くの？　あ、寝惚《ねぼ》けてるとか？

寝惚《ねぼ》けた円城寺さんに構っている暇はない！　早く行かなくちゃ！

ようやく低いかかとのパンプスを見つけて履いていざ出発！　と思ったら、うしろからチャリッと鍵の音がする。それと共に「こら」と怒る声が聞こえてきた。

「へ？」

「待ってろって言ったのに、なに勝手に行こうとしてんだよ」

「あれ、円城寺さんも出かけるんですか？」

仕事……にしては、随分ラフな格好だし、荷物もないけど。

「ああ、コンビニとはいえ、こんな時間に女が一人で出歩くなんて危ないだろ。車で送ってやるから乗って行け」

「えっ！　いやいやいやいや！　とんでもない！　忙しくて睡眠時間すら勿体《もったい》ないなんていう人の時間、もらえませんよ！」

「ほら、行くぞ」

「ちょ、ちょっと、待ってください」

「欲しい賞がなくなっても知らないぞ」

「んぁ!?　それは困ります！」

——結局円城寺さんの車で送ってもらい、家から少し離れたコンビニまでやってきた。

さすが大企業の社長のマイカー！　すっごい乗り心地いい。動いてるのにシートは微動だにしないし、実家のソファよりも座り心地がよかった。車のことは全然詳しくないけど、きっととんでもない高級車なんだろうなぁ……。

「ああ、よかったぁ〜……！　まだまだ残ってるっ！　もうダメかと思った〜！」

くじはいくつか引かれていたけど、私のお目当てであるタイガーアイ様とストロベリークォーツちゃんのフィギュアはまだ残っていた。

軍資金は二万円！　一回八百円（+《プラス》税）だから二十三回引ける……！　でも二十三回で上位賞であるA賞とB賞の両方を狙うなんて無謀《むぼう》かな？

「一花の狙ってるヤツ、どれだよ」

「A賞のタイガーアイ様と、B賞のストロベリークォーツちゃんです！　すみません！　二十三回お願いしますっ！」

いざ、勝負！

……しかし、人生というものは上手くいかないものだ。なんと二十三回、すべて下位の賞だった。ストーン・コレクションがキャラクターくじになるという情報を入手してから三か月、節約して貯めたお金だったのに……

もはや今月の私には、オークションから入手する！　という資金も残されていない。

「夢……これは夢なの。そう、夢なの」

下位の賞がめいっぱい詰まった買い物袋を両手に持った私は、思わずブツブツ呟いてしまう。すると円城寺さんが噴き出すのを堪《こら》えるように笑う。

笑いごとじゃないっ！　笑いごとじゃないの～……っ！

タイガーアイ様とストロベリークォーツちゃんのフィギュアを並べる夢が、儚《はかな》く散ってしまった……

「現実だ。現実」

「うう、言わないでくださいっ！　円城寺さんの鬼畜っ！」

「誰が鬼畜だ。なあ、俺も引いていいか？」

「どうぞぉ……」

ショック過ぎてか細い声しか出せずにいると、円城寺さんは二枚くじを引く。

「あ、A賞とB賞です。おめでとうございます」

「当たった」

「嘘ぉ!?　なんで!?　どれだけ強運なんですかっ！」

「言われてみると、くじ運はいいほうだな」

店員がA賞とB賞を買い物袋に入れるのを見て、膝から崩れ落ちそうになる。

さよなら、タイガーアイ様、さよなら、ストロベリークォーツちゃん……

「せっかく当たったのに、なに辛気《しんき》臭い面《つら》してんだよ」

「す、すびばぜん。おめでとうございます……」

ショックとはいえ、人の幸せを妬《ねた》むのはよくない。素直に祝わないと……！　と顔を上げたら、A賞とB賞の入った買い物袋を差し出された。

「へ？」

「いや、お前に渡すために引いたに決まってるだろ」

「えっ！　い、いいんですか!?　嘘！　だってタイガーアイ様とストロベリークォーツちゃんですよ!?」

「お前がいらないなら処分することになるけど……」

「処分!?　と、とんでもない！　頂きますっ！　嘘ぉ……もうダメだと思ってたのにっ！　あ、ありがとうございます～……！」

あまりにも嬉しすぎて、涙目になってしまう。そんな私を見て、円城寺さんはまた笑う。本当によく笑う人だなぁ……

「あと買う物はないか？」

「はいぃぃい～」

もう夢見心地で、間抜けな声しか出せない。

円城寺さんが両手いっぱいにある下位の賞が入った袋を持ってくれたので、私はタイガーアイ様とストロベリークォーツちゃんのフィギュアが入った袋を抱きしめながら車まで戻る。

「後部座席に置かないのか？」

「持ったまま乗ります。この喜びを噛み締めたいので……！　は～……ようこそ私のところへ！　幸せにするからねっ！」

買い物袋の上から撫《な》でて語り掛けていると、円城寺さんが運転しながら笑う。

「それにしても円城寺さん、運がいいですね。二回とも引き当てるなんて！」

「そうか？　一花の運が悪いんじゃなくて？」

「確かに私は運のいいほうじゃないですけど、あの箱の中って百枚くらい入ってるらしいんですよ。私が二十三枚下位賞を引いて確率は上がっていたとはいえ、A賞、B賞を続けて引くなんて運がいいですよ」

「あの箱の中、そんなに入ってたのか。ラストワン賞はよかったのか？　色違いのタイガーアイだっただろ」

ラストワン賞とは、最後のくじを引いた人がもらえるプレゼントだ。

「欲しいですけど、さすがに全部引くわけにはいかないですし、ラストになるのを見極めて行くのも難しいですからね。オークションでは絶対高値になるから、手も出せませんし。そこは諦《あきら》めます。そもそもこの子たちが手に入ったのが奇跡ですからね。ミラクル！　イエイ！　イエイ！」

「お前、テンションおかしいぞ」

「だって本当に嬉しいんですもん！」

というか、円城寺さんがラストワン賞の存在を知っていたことも驚きだ。それだけじゃなくて、キャラの名前を知っていたことも驚きだ。ラストワン賞は店頭で見て覚えたのかな？　タイガーアイ様は私が繰り返し言ってたから、覚えても無理はないだろうけど。

そういえば、どうして円城寺さんはストーン・コレクションの同人イベントにいたんだろう。

今まで怒涛《どとう》の展開だったから考えたことがなかったけれど、よく考えてみたら謎じゃない？

「あのー」

「なんだ？」

「今更なんですけど、円城寺さんは、どうしてストーン・コレクションの同人イベントにいたんですか？」

ハンドルを握る円城寺さんの指が、ピクッと動いたのがわかった。

「あー……まあ、ちょっとな」

「ちょっとって、なんですか？」

「まあ、ちょっとだ」

なに、その訳ありな感じ。すごく気になるんですけど……！

「そういやお前、コスプレしてたから、ストロベリークォーツは好きだって知ってたけど、タイガーアイも好きなんだな」

円城寺さんの自宅からコンビニまで少し距離があったけど、車だとあっという間だ。もう地下の駐車場に着いた。

早く帰ってタイガーアイ様とストロベリークォーツちゃんを並べたい！

「そうなんですよ。タイガーアイ様、カッコいいですよね……ビジュアルがドツボで！　それに、性格も素敵だし。あ、そういえば前から思ってたんですけど、円城寺さんってタイガーアイ様に似てますよね」

車を停めた円城寺さんが、切れ長の目を丸くして私を見てる。

え、なに？

「そうか？」

「はい、似てると思うんですけど……」

「それって、俺のビジュアルがお前好みだってことだよな？」

…………はっ！

ようやく自分が告白じみたことを言っていたことに気が付いて、顔が熱くなる。

「い、いえ、そういうわけじゃ……」

タイガーアイ様に似てるけど、性格は最悪！　って思ってたけれど、円城寺さんをよく知っていくうちに性格が悪いどころか良いと思うようになったし、仕事の姿勢も尊敬している。頑張る彼のためになにかしたいと思う。こんな気持ちは初めてだ。

——あ、あれ？

なんかドキドキする。

なにこれ！　これじゃ私、円城寺さんのことが好きみたいで……ううん、違う違うっ！　私がオタク活動以外に……男性に興味を持つはずがない！

「ふーん？　さり気なく告白してるのかと思ったけど、違うんだ？」

「違っ……ちがちがちがっ……違います！」

やっぱりそう思われてたんだ。

あからさまに動揺した私はシートベルトを外すという簡単なことすら上手くできずに、ひたすらカチャカチャと音を鳴らす。

「動揺しすぎ」

円城寺さんは自分のシートベルトを外したあと、私のシートベルトを外してくれようとしているのか、身を乗り出してくる。

「だ、だって、円城寺さんが変なこと言うか……ン……」

シートベルトを外すのかと思いきや、円城寺さんは私の唇に自身の唇を重ねてきた。

な、なんでキス……!?

「んんっ……」

しかも、この前みたいに少し触れるだけじゃなくて、ちゅ、ちゅ、と角度を変えながら唇を押し付けたり、吸ってきたり、食《は》んだりしてくるマジなやつだ。

な、なんで、キスしてくるの~!? しかも、こんな恋人っぽいキス!

戸惑いながらも、私は円城寺さんの唇の感触に集中してしまう。

この前は驚きすぎてそんなことを感じる余裕なんてまったくなかったけど、いや、今もあるわけではないけど、唇って思ったよりも柔らかくて、温かい。

な、なんか、気持ちいい……かも。

「……っ……ん」

彼氏じゃない人とキスしてるのに、なんで気持ちよくなっちゃってるの~!?

キスされた瞬間——反射的に身体や唇に力が入り、歯を食いしばっていたけれど、だんだんと力が抜けていく。

ああああ、なんで? 無防備になるほど、気持ちよくなってしまうような……?

彼氏じゃない人とキスするなんてダメだと思いながらも、まったく抵抗ができない。

そもそも嫌悪感が湧《わ》いてこないことに驚く。

すると唇を割って、円城寺さんの舌が咥内《こうない》に潜《もぐ》り込んでくる。

「んんっ!」

ディ、ディープキス~!? ちょ、ちょ、ちょっと、なんでこんなことになっちゃうの!?

咄嗟《とっさ》に舌を引っ込めてしまうと、舌先で口蓋《こうがい》をチロチロと擽《くすぐ》るように舐《な》められた。

「んっ……んんっ！」

くすぐったいけど、気持ちいい。

なんかマッサージでいうところの、痛いけど、気持ちいいみたいな……ってなんで、マッサージで例えようとしてるの⁉　ああ、ダメだ。すごい混乱してる。

円城寺さんの舌は、私の口の中を探るみたいに動く。そのたびに身体がビクビク震えて、どんどん身体から力が抜けてしまう。

引っ込めていた舌からも力が抜けたのか、いつの間にか円城寺さんの舌が絡んでいた。

「……っ……んぅ……ふ……んん……っ……んぅ……」

こ、声出ちゃう……！

声を出さないように意識しても、『気持ちいい』と思った瞬間に気が抜けてしまうのか、声がどうしても漏れる。

お腹の奥……生理痛の時に痛むところが、ズクズクと疼《うず》き出す。

あ、あれ？　ってことは、これ、子宮？　嘘！　私、もしかしてこれ……感じてるってことじゃないの？

しかも膣口が収縮を繰り返しているのがわかる。

な、なにこれ、こんな風になったの初めてなんだけど……！　そもそもここって、こんなに疼《うず》くものなの？　今まで無言だったクラスメイトが、急におしゃべりで明るい性格になったみたいなんだけど〜……！　なに、この突然のキャラチェンジ！

お尻を自然とモジモジ動かしてしまうと、ショーツの中がヌルヌルになっているのがわかった。

か、感じてる……私、感じて濡れちゃってる……！

自分の身体の変化に戸惑いながらも、初めてのディープキスの気持ちよさに夢中になってしまう。円城寺さんの唇が離れたあとも、唇と舌がジンと痺《しび》れているみたいだし、お腹の中の疼《うず》きや膣口の異変は続いたままだ。

「……っ……」

なにも言えずに瞬《まばた》きを繰り返していると、円城寺さんがジッと見つめてくる。

な、なに？　なんでジッと見てくるの？

「一花」

「な……ん、ですか？」

「お前、この前したキスが初めてだったりする？」

「えっ」

な、なんでわかったの……!?

「そ、そんなわけないじゃないですかっ！」

──認めるわけにはいかない。この歳でファーストキスすらまだだったなんてバレるのは恥《は》ずかしい。円城寺さんのことだから、絶対からかってくる！

「ふーん？　でも、経験は少ないとみた」

「な、なんで……そんな……」

「あまりにもたどたどしいっていうか……この前も思ったけど、お前って男慣れしてなさすぎだよな。キスしてなおのこと思ったけど、お前ってもしかして……処女？」

図星を突かれ、表情が強張る。

ええ、ええ、処女ですよ！　しかもキスだってこの前が初めてですっ！　なんて言えるかーっ！　ネタにされたくない！　馬鹿にされたくない！

「へっ……変なこと、言わないでくださいよっ！　セクハラですよ！　しょ……処女じゃないですっ！　経験者ですしぃ⁉」

「声、裏返ってるぞ」

円城寺さんはクックッと笑いながら私のシートベルトを外して、身体を起こした。

「んーじゃあ、帰るか」

「えっ」

正直、このまま先の行為に進んでしまうんじゃ⁉　と思っていたから、円城寺さんがディープキスまでで止めたことに驚いた。

「残念そうな顔だな。でも、初めてが車の中じゃあんまりだろ？　お望みなら今から家で素敵な初体験をさせてやってもいいけど？」

やっぱり処女だってバレてる……！

「なっ……の、望みませんしっ！　もう、なんてことするんですかっ！　円城寺さんの変質者！　痴漢っ！　セクハラ社長！　処女じゃないって言ってるじゃないですかっ！」

「はいはい、そうですか」

「もう……っ！　信じてないしっ！」

手を伸ばして腕をバシバシ叩いてやると、円城寺さんはますます笑い出す。

もう、わけわかんない！　なんでこんなことしてくるの？

もし、あのまま身体に触れられていたら、私はどうしていたんだろう。

わけわかんないよ。円城寺さんの行動もそうだけど、自分の心も……

せっかく手に入れた念願のタイガーアイ様とストロベリークォーツちゃんのフィギュアだったけれど、飾っているのを見るたびにこの時のことを思い出してしまうので、満足に眺められない日々が続くことになった。

三着目　育つ気持ち

『えっ……一花ってオタクだったの？　コスプレした自分の画像ネットに上げるとかキモ～い。ナルシストじゃん。自分のこと可愛いって思ってるんじゃない？』

『アニメとかゲームって小さい頃に卒業するものでしょ？　オタクキモ～！』

――高校時代のことを思い出すと、頭を抱えて悶絶《もんぜつ》しそうになる。

非オタクという人種は、高校時代の友達と同様に、全員オタクを迫害するのかと思っていた。でも円城寺さんは非オタクなのに、なぜか私に優しい。

キャラクターくじを引いた数日後の深夜、録画しておいたテレビアニメ『フルーツ・ピュアピュア』を再生しながらコスプレ衣装を作っていると、まだ仕事をしていた円城寺さんが休憩しにリビングへ来た。

「コスプレ衣装作りか？」

「はい」

すると円城寺さんは、私の作っている衣装とテレビに映っているキャラを見比べる。

「今度のコスプレは、このアニメのキャラにするのか？」

「はい、ピュア・ラズベリーちゃんです」

『フルーツ・ピュアピュア』とは日曜朝八時三十分から放送されている子供たちに大人気のアニメで、不思議な力を持った少女たちが戦士となり、悪の組織に立ち向かう熱いストーリーだ。

私は次回のイベントで、主人公ピュア・ラズベリーのコスプレをしようと計画していて、現在は衣装を作成中。

「ふーん、ピュア・ラズベリーか」

過去のトラウマ経験から馬鹿にされるのかな？　と身構えてしまう。

「おい、うしろの腰んとこのリボン、お前が作ってるヤツは刺繍《ししゅう》になってるけど、実際はアクセサリーじゃないか？」

「え、嘘っ！」

「これ、見てみろよ」

円城寺さんはリモコンを手に取り、ピュア・ラズベリーの腰がアップになったところで一時停止する。

「わ、本当だ。私、ずっと模様かと思ってましたよ。あー……せっかく刺繍《ししゅう》したのに、作り直しだぁ……」

「アクセサリー付けたら、重みでリボンの形が崩れるんじゃないか？」

「ですよね。中に針金を入れて補強します。アクセサリーも作らなくちゃ……うーん、ラズベリー色の丸いパーツかぁ……これっぽいパーツ持ってないし、買いに行かなくちゃ」

予想外の出費だ。でも気付いた以上は、アクセサリーを付けないと気が済まない。

「このパーツなら俺のアトリエに似たようなものがあったような……ちょっと待ってろ。あ、探してくる間にコーヒー頼む。熱いのな」

「あ、はーい」

コーヒーメーカーを使ってコーヒーを淹れている間に、トレイの上に置いた小さな皿にクッキーを二枚とチョコレートを載せてみる。

これでよし。疲れてくると、甘い物が食べたくなるからね。糖分摂取、大切！

淹れ終えたコーヒーをトレイに載せると同時に、円城寺さんが帰ってきた。

「このビジューはどうだ？」

「うわ！　すごいイメージにピッタリ！」

「そっか、じゃ、やるから使えよ」

「いいんですか!?　なんかすごく高そうだし、会社の備品とかじゃないんですか？」

「いや、たいしたことないし、これは俺が個人的に購入したものだ。まあ、使い道を見《み》い出《だ》せないまま数年経ってるから、使ってもらえたほうがこいつも嬉しいだろ。ほれ」

「わー！　ありがとうございます。『いちかは「高そうなビジュー」をてにいれた！』」

ビジューを天に掲げ、ＲＰＧゲームのセリフよろしく言うと、円城寺さんがククッと笑う。

「あ、コーヒー淹れましたよ。よかったらお菓子もどうぞ」

「お、サンキュ。あ、甘い物まで付けてくれたのか。気が利くな。つか、スカートに付いてるフリルも原作とは違うんじゃねーの？」

「ああ、あれはアレンジです。絶対原作のフリルより、私の選んだあのフリルを付けたほうが可愛いですもん。ただ原作に忠実に作るだけっていうのは、あんまり好きじゃないんですよね。アレンジして自分だけのオリジナルにするのが好きです。可愛いビジューももらえたし、腰のリボンも色々アレンジしようかなー」

「へえ、そうなのか」

明日が仕事なのが悲しい。休みなら朝まで作業したのに！

「まあ、自己満足なんですけどね。人から見たら、なんだこれって感じかもしれないですけど」

「そんなことないだろ。この前のストロベリークォーツの衣装もよかったぞ」

「えっ！　本当ですか⁉」

「ん、もっと自信持てよ」

円城寺さんはニッコリと微笑むと私の頭をクシャクシャに撫《な》でて、コーヒーを置いたトレイを持ってアトリエへ戻っていった。

変な人……

非オタクなのに、からかうどころか私の趣味を理解して、応援してくれるなんて……こんな人もいるなんて、驚きだ。

それから私の心臓も日に日に変になっていた。

円城寺さんの一挙一動にドキドキして、なんだか苦しい。特に優しくされた時とか、笑われた時とか、ドキドキ以外にも、キューッと締め付けられるというか、切ないような気持ちになるのだ。

もしやこれって……いやいやいやいや、違う。違うよね？

◆◇◆

「あれ？」

翌日、仕事終わりにスーパーで食材を買ってから帰宅すると、いつもは私より早く帰ってくることはない円城寺さんの靴が玄関にある。

珍しい。もう帰ってるんだ。

「一花、帰ってきたのか？」

靴を脱いでいると、円城寺さんがアトリエから顔を出す。

「ただいまです。今日は珍しく帰りが早かったんですね」

ただいまって言うの初めてだ。なんか新鮮……というか、照れくさいかも。

「ああ、この前の試作品の改良版ができたから、早く着て欲しくて帰ってきた」

「あ、なるほど。わかりました」

円城寺さんから、試作品の入ったショップバッグを受け取る。食材を冷蔵庫にしまってからにしようと思っていたら、なにも言っていないのに彼は私からスーパーの買い物袋を受け取り、キッチンへ向かった。冷蔵庫の開く音が聞こえて、気が利くなぁと感心する。

おっと、グズグズしてはいられない。せっかく円城寺さんが気を利かせてくれたのだから、早く着替えないと。

自室に入ってショップバッグから服を出すと、インナードレスも一緒に入っていた。しかも外からは決して見えないのに、外の服に響かない程度のちょっとしたレースや刺《し》繍《しゅう》が施《ほどこ》されていて可愛い。

インナードレスってシンプルなものが多いから、これは珍しいかも。

さすが円城寺さん……！　服を着る時や脱ぐ時も、ちょっと嬉しくなる。これ、単品で販売しても売れそう。

ワンピースを着て鏡の前に立つと、前よりもさらに良くなっていた。

首回りの開き具合が少し大きくなって、丈がわずかに長くなっているようだ。シルエットはどう調整したのかわからないけれど、以前よりも痩せて見える。

すごい！　微調整を加えるだけで、こんなにも変わるものなんだ！

「一花、着替えたらリビングな」

「あ、はーい！」

髪を手櫛《てぐし》でササッと直し、円城寺さんが待っているリビングへ向かう。

「お待たせしました」

「ん、ゆっくりその場で回って、俺の正面に立って」

「はい」

ゆっくりとその場で回る私を円城寺さんがまじまじと眺め、満足したように何度か頷《うなず》く。

「うん、可愛いな」

一瞬ドキッとしてしまい、そのあと恥《は》ずかしくなる。

ち、違う。なにドキッとしてるの。これは服のことを言ったんであって、私のことを言ったわけじゃないから！

「円城寺さん、すごいです。こんなに変わるなんて驚きました」

「だろ？」

「インナードレスもセットですか？」

「ああ、お前が言ってくれた意見を参考に作ってみた」

「でも、こんなに可愛いインナードレスをセットにしてもらえるなんて思いませんでした。あ、もしかしてその分、値段が高くなるとか？」

可愛いけど、それならちょっと悲しいかも。

「いや、予定してた値段から上げるつもりはない。予算内でなんとかできる範囲で作ったからな」

「可愛いし、値段も高くならない。いいこと尽くしじゃないですか！　この前も思いましたけど、私、このワンピ大好きっ！　絶対買いますっ！」

「気持ちは嬉しいけど、買わなくていいよ。トルソーやってくれたんだから、普通にプレゼントするって」

「……嘘っ！　えっ！　ほ、本当に？」

「嘘吐いてどうすんだよ」

「やったー！　ありがとうございますっ！　楽しみっ！」

喜びのあまりその場で子供のように回ると、円城寺さんがクククッと笑う。

「可愛いな」

円城寺さんが言う「可愛いな」は服に対してだってわかっているのに、またドキッとした自分がちょっと悔しい。

「はい！　この服、すごく可愛いですよ。来年発売されるのが待ち遠しいです！」

「わかってる。でも俺が今可愛いって言ったのは、お前のことだよ」

「……へ？」

予想外すぎる言葉をかけられた私は、目を丸くして口をあんぐりと開けてしまう。そんな私の顔を見て、円城寺さんは「鳩が豆鉄砲食らったみたいな顔だな」と笑う。

「か、からかわないでくださいよっ！　腹立つんですけど！」

あからさまに動揺した悔しさをぶつけるように、私は円城寺さんの肩をバシバシ叩く。

豆があったら『鳩の逆襲だ！』と声を上げて投げているところだ。

「痛《いて》てっ！　マジで痛っ！　お前、意外と力強いな！　からかってないって。本気で思ったから、そう言っただけだって」

「もう、騙《だま》されませんっ！　あっ」

テーブルに身体が当たって、円城寺さんの飲みかけのペットボトルを倒してしまった。

ヤバ……！

一瞬ヒヤッとしたけれど、蓋が閉まっていたので零《こぼ》さずに済んでホッとする。

ペットボトルを拾おうと手を伸ばすと、お尻の辺りが心許《こころもと》なくなるのを感じた。

「あっ」

「どうした？」

「いつも思うんですけど、ワンピースとかスカートを穿《は》いている時って、いつもお尻の辺りを気にしてなくちゃいけなくて落ち着かないんですよね。階段上る時とか、こうして物を取る時とか特に」

「下着が見えそうだからってことか？」

「ちょ……ハッキリ言わないでくださいよ」

「でも、そういうことじゃねーの？」

「そうですけど……もー……えーっとですね。だからお尻の辺りだけ少し長いデザインのスカートが増えたらいいなぁっていつも思うわけですよ」

ペットボトルを拾ってテーブルに置くと、円城寺さんが自身の顎《あご》に手を当てて頷《うなず》く。

「なるほどな。多少長くしてもデザインがそこまで崩れるわけじゃないどころか、むしろ良くなる気がするし、ちょっとやってみるか」

「えっ！　いいんですか？　す、すみません。なんか余計なことを言ったような……」

「いや、余計なことじゃない。というか、なんでそんな自信なさげなんだよ」

「だ、だって、私はオタクなレイヤーですし、そんな奴の意見を採用してもらっていいのかなーって不安で……」

なにか行動を起こそうとする時や、ファッションのことについて意見を述べる時、いつも高校時代に味わった辛さや、面接のことを思い出して萎縮《いしゅく》してしまう。

「いいこと言ってんだから、もっと自信持てよ。それよりも前から思ってたんだけどさ、お前って販売員よりも、商品開発のほうが向いてるんじゃねーの？」

「え、どうしてですか？」

「さっきも言ったけど、いいこと言うしさ、アトリエで俺が作業してるところを食い入るように見てるし、コスプレ衣装もこだわりを持って作ってるだろ？　それにせっかく服飾専門学校にも行ってたんだし、接客販売よりも、開発のほうが自分の力を活かせるんじゃないか？」

力があるかはさておき、確かに興味の方向は開発のほうにあるかも。

自分がファッションに関わることのできる近道が販売員だと考えただけで、接客自体をしたいわけじゃなかった。

商品開発をしている自分を想像したら、ワクワクしてしまう。

そっか、私……商品開発がしたかったんだ。まあ、わかっても、どうしようもないんだけど……なにがしたいかがわかったのは、少しだけよかった……のかな？

「それとも食い入るように見てたのは、俺に気があるからだったか？」

ニヤリと笑われ、顔が熱くなる。

「はっ⁉　違っ……違いますしっ！」

「図星か」

「図星じゃないですっ！　もう、変なこと言わないでくださいっ！」

また叩こうとしたら、手首を掴《つか》まれて阻止《そし》された。触れられたところから温もりが伝わってきて、なぜかキスされた時のことを思い出す。そうしたら、ますます顔が熱くなる。

手を引っ込めたけれど動揺した様子を隠せず、飛びのいて円城寺さんから距離を取る。

「今からでも、目指せば？」

「え、なにをですか？」

「商品開発だよ。デパートのレジ係から、アパレルの商品開発に転職を目指したらどうだ？」

「い、いやいやいや、無理ですよ」

「なんで？」

円城寺さんは意味がわからないといった様子で、キョトンとしている。

「だって私、二十六歳ですよ？　ファッション系に転職するには、年齢が年齢というか……」

「別に年齢は関係ないだろ」

「いや、すっごく関係あると思うんですけど……」

「なにかを目指すのに、遅いも早いもないだろ。まあ、子役になりたいって言うなら、いや、それは遅すぎるだろって突っ込むけどさ。まあ、子役になれなくても、芸能人にはなれるかもしれないしな。ちなみにうちの会社には、三十歳過ぎて転職してくる奴もたくさんいるぞ」

「えっ！　そうなんですか？　……でも、それって、元々ファッション業界にいた人じゃなくて？」

「ああ、同業者の転職もあるけど、まったく違う業種からの転職もあるぞ。うちの会社では実力がある人間なら年齢、経験問わず採用する。他の会社でもそういうところもあるぞ」

「そう、なんですか……」

　年齢、経験問わず……でも、それは実力がある人だ。私なんかを採ってくれる会社があるのだろうか。

「なんだよ。その顔は」

「え、顔？」

「せっかく大丈夫だって言ってやってんのに、なんで暗い顔になるんだよ」

「い、いえ、その……」

　すぐ顔に出るって言われたけど、本当なんだ。

「……私なんかの実力じゃ通用しないだろうなー……って」

「相変わらずネガティブだな。自分のことを『私なんか』って言う奴を雇《やと》いたい会社なんてあるわけないだろ」

そう、だよね……

呆《あき》れられちゃったと落ち込んでいたら、円城寺さんがなぜかキッチンからワインを持ってきた。

「一花、これを見ろ」

「ワイン？」

なんで今、ワインを持ってきたの？

「ああ、このワイン、呑んだことあるか？」

「いえ、ないです。元々ワインは呑まないですし、こんな高級そうなワインなんて、庶民の私にはなおのこと縁《えん》がないですよ！」

「高そうに見えるか？　でもこれ、実はスゲー安くて、しかも不味《まず》い」

「えっ！　そうなんですか？　意外……パッケージにこだわりすぎて、中にかける予算がなくなっちゃったんですかね？　それとも不味《まず》いから、それを補って売れるようにってパッケージにこだわったとか？」

ワインボトルをまじまじと眺めていたら、パッケージもそこまで良くないような気がしてきた。

「あ、よく見るとパッケージも少し安っぽいような……？」

　首を傾げながら呟いたところ、円城寺さんがニヤリと笑う。

「言葉の力ってすごいだろ？」

「へ？」

「これ、本当は百万ぐらい」

「百っ⁉　んなっ……えぇっ⁉」

「お前も自分で自分のことを貶《おとし》めるようなことばかり言っていると、このワインに対するお前の評価と同じになるぞ。言葉の力で自分の価値をくすませる。それって損じゃないか？」

　確かに……

「そう、ですね……」

　――自分を卑下《ひげ》する言葉は、自分を守る言葉だと思っていた。『私はすごくないです。こんなにも低レベルな人間なんですよ』って前置きをしておけば、期待して見られることはない。だからガッカリもされない。そのことが自分の価値をくすませるなんて発想はなかった。

「わかったなら、今後は『私なんか』なんて言うなよ。それに、お前が自分を卑下《ひげ》するってことは、お前を褒《ほ》めた俺も否定することなんだからな。スゲー失礼だろ」

「す、すみません。気を付けます」

「ん」

これからは言わないようにしよう。癖になってるから、気を付けないと……

円城寺さんって、すごいな。

以前の私ならきっと、『別に誰かから評価なんてされなくていい。価値がくすんだとしても、期待されないほうが楽だし、傷付かない』って思っていたはずだ。

でも円城寺さんと一緒にいると、前向きになれるみたいだ。

私に価値があるのなら、それをくすませたくない。彼と同じレベルになりたいなんて身の程知らずなことまでは思わないけれど、今の自分を変えたいと思う。そしてそんな自分は、以前の自分よりも好ましく思える。

転職活動……かぁ……

転職して商品開発をする自分を想像したら、ワクワクしてくる。

転職できるか、できないかは別として、色々調べてみようかな。うん！

「元々ワインは呑まないって言ってたけど、呑めないわけじゃないのか？」

「呑めることは、呑めますけど……」

「んじゃ、問題ないな」

円城寺さんはオープナーを持ってくると、まったく躊躇《ためら》わずにコルクを抜いた。

キュッポンといい音がした瞬間、私の心臓もドキィ！　と大きく脈打つ。

「ちょっ……ひゃくっ……百万円がっ！」

一緒に持ってきた二つのグラスに百万円……じゃなくてワインを注《つ》ぐと、円城寺さんは私に一つ手渡してくる。

「ほい」

「えっ……えぇ⁉　わ、私がもらっていいんですか？」

「お前しかいないだろ。ほれ」

「ひぇえ……ありがとうございます」

グラスを持つ手が震えて、中に入っているワインがチャプチャプ波打つ。

「ヤ、ヤバイ……零《こぼ》れちゃぅう……っ」

「緊張しすぎだろ」

「そりゃぁしますよ！」

両手で持つことで、ようやく震えを止められた。

「んじゃ、一花の転職活動の成功を祈って、乾杯」

「乾杯ー……ってえぇっ⁉　な、なんで」

円城寺さんはギョッとする私のグラスに、自身のグラスを軽く合わせる。

「乗り気なんだろ？」

「それは……」

確かに少し乗り気にはなってたけれど、まだ心を決めたわけじゃなかったというか、なんというか……

「違うって即答しないってことはそうだろ」

図星を突かれ、顔が熱くなる。

「もう、人の気持ちを見透《みす》かさないでくださいっ！　えぇっと……ワインってクルクル回したほうがいいんですか？　アニメとかドラマとかでお金持ちっぽい人がやってるアレ……あ、それともアレって、お金持ちっぽい演出ですかね？」

「ああ、いや、演出じゃない。こうしてグラスを回すことでワインが空気に触れて酸化が進んで、味わいや香りが変化するんだってさ」

「へぇぇえ……！　わざわざ変化させるってことは、より美味《おい》しくなるってことですよね？　よぉし……」

必死にクルクル回していると、必要以上に回しても美味《おい》しくなるわけではないと言われ、ある程度で回すのをやめる。

一口でいくらぐらいなんだろう。千円……いや、一万？　二万!?

「いただきまーす。……うん……？」

「味はどうだ？」

「……ワインです。すっごく渋い味がします」

正直、美味《おい》しいと思えない。すごく期待して呑んだから、なおのこと美味《おい》しくない。

「お前、ワイン嫌いだったのか」

「い、いえ、美味《おい》しいですよ？　この渋みが堪らないというか……」

百万円のワインを開けてもらったのに、不味《まず》いなんて正直に言えない！

「眉間に皺《しわ》が寄ってるぞ。無理するな」

笑みを浮かべたつもりが、顔に出てしまっていたようだ。

私の馬鹿――……！

「今まであんまり……というか、まったく美味《おい》しいと思ったことがなくて。高級ワインなら美味《おい》しく呑めるかな～？　と思ったんですが、そうでもなかったというか……す、すみません。こんなに高級なワインを開けてもらったのにっ！」

「いや、俺もあんまり好きだと思わないし、これも美味《おい》しいとは思わない。ワインはワインだな」

「えっ！　じゃあ、なんでこんな高価なワインを買ったんですか!?　あっ！　寝不足が祟《たた》って精神が不安定になって、無駄遣いをしたくなった……的な？」

「誰が精神不安定だ。これはもらいものだっての」

おでこにデコピンを食らわされ、驚いて危うくワインを零《こぼ》しそうになる。

「ちょっちょっ……危ないじゃないですかっ！　零《こぼ》れるところでしたよ。もう〜……」

また一口呑むと、渋い味が広がる。

ううう〜……不味《まず》い！

「おい、不味《まず》いんだろ？　無理して呑まなくていいぞ」

「なに言ってるんですかっ！　勿体《もったい》ないじゃないですかっ！」

ゆっくり呑むと辛いから、グビグビと喉に流し込んでいく。もはや罰ゲーム状態だ。

しかし百万円の一部を無駄にするわけにはいかない。

「円城寺さんは呑んじゃっていいんですか？　今日はもう仕事しないんですか？」

「いや、するよ。まあ、一杯ぐらいなら呑んでも、仕事に差し支えないから大丈夫だ」

「おぉ……お酒、強いんですね」

「一花は？　俺、お前が呑んでるとこ初めて見たんだけど……って、強くはないみたいだな。顔、すでに赤いんだけど」

そういえば前にバーに呼び出された時は、円城寺さんを警戒して、お酒を呑まないようにしてたんだった。こんな風に一緒に呑む日が来るなんて、あの頃は思わなかったなぁ……

「弱くもないはずなんですけど、すぐ顔に出るんですよね。というか、もう赤いですか？　ワインは度数が高いから、酔いが回るのも早いかも」

顔が熱くなってきた。今、どれくらい顔が赤くなってるんだろう。

「具合が悪くなるなら、無理しなくていいぞ」

「いいえ、体温が上がって熱くなるのと、眠くなるぐらいです。……あぁ、残りはあとにしようかな。夕飯が作れなくなっちゃう……」

そう言っているうちに、眠たくなってきてしまった。

「今日はデリバリーでいいだろ。ワインだし、ピザでいいか？」

「ピザッ！」

宅配ピザなんて、年単位で食べてない。すごく食べたい！

目を見開いて思わず身を乗り出すと、円城寺さんがククッと笑う。

「決まりだな。どのピザがいい？　スマホじゃ見にくいな。ノーパソ持ってくるか」

「あっ！　私、着替えてきます。試作品を汚しちゃ大変」

「ああ、脱いだら、アトリエに置いといて」

「わかりました」

私の転職活動開始への景気付けだと言って、好きなピザを頼ませてもらえることになった。（しかも円城寺さんのおごり！）

大分悩んだけれど、四つの種類が一枚になったものを頼んだ。

だって一つの味だけなんて選べない！

これ以上酔いが回ると危ないので、ピザが来るまでの間に軽く入浴を済ませた。

久しぶりのピザは最高に美味《おい》しくて、ピザと一緒だと苦手なワインもかなり進んだ。

チーズってワインと合うって言うけど、本当なんだ。さっきまで渋いと感じるだけだったのに、ちょっと美味《おい》しい？　という気がしてきた。

「お、結構ワイン進んでるな？」

「ううん……美味《おい》しい……ような？」

「美味《うま》いと思えるようになったのか。じゃあ、具合が悪くならない程度にもっと呑めよ」

空っぽになったグラスにワインを注《つ》がれそうになり、慌ててグラスの口を手で塞《ふさ》ぐ。

「いやいやいや！　百万円のワインですよ!?　おかわりなんてもらえませんよっ！」

「取っておいても、どうしようもないだろ。美味《うま》く呑める時に呑むのが一番だって。ほら、手ぇ退《ど》けろ」

円城寺さんは私の手を払うと、なんの躊躇《ためら》いもなくグラスにワインを注《つ》ぐ。

「あぁあああ〜……！　十万、二十万、三十万、四十万……っ」

「カウントするのやめろっての。ほれ、呑め」

円城寺さんは私のグラスに注《つ》ぎ終えると、自分のグラスにも注《つ》いだ。仕事があるのにそんなに呑んで大丈夫なのかと尋ねたら、これくらいではまったく酔わないらしい。

強い……！　私なんてもう、一杯目を呑み終わった時点でかなり酔ってるよ。寝転んだ瞬間、夢の中に行っちゃいそう。

円城寺さんのいい呑みっぷりに釣られた私は二杯、三杯と進み、百万円のワインボトルはいつの間にか空っぽになっていた。

「うぅーん……眠い……」

たっぷりとピザを食べ、サイドメニューやデザートまで平らげた私は、テーブルに突《つ》っ伏《ぷ》していた。

「今日はもう寝ろよ」

「うう、でも、深夜アニメが……」

「どうせ録画してるんだろ？　リアルタイムで視聴するのは諦《あきら》めて、もう寝ろ」

時計を見ると、まだ二十一時……とても深夜アニメまで起きていられそうにない。一度寝てから起きよう。

「じゃあ、そうします～……」

「ああ、俺はシャワー浴びてくる」

「はぁい……」

円城寺さんは私と同じ……いや、私以上に呑んでるのに、顔も赤くなければ、態度も同じだ。

お酒強すぎ〜……！

フラフラした足取りで自室に戻った私は、スマホを持ってまたリビングへやってきた。ベッドに入ったら熟睡して、絶対朝まで起きられそうにない。

ここで仮眠させてもらおう。

スマホのアラームを深夜二時にセットして、ソファに寝転ぶ。

あ、毛布持ってくれれば、よかったかも。でも、まあ、いいか。寒くないし、ショートパンツ穿《は》いているから、寝相もさほど気にしなくていい。

目を瞑《つむ》ると、あっという間に意識が遠のいていく。

あぁ〜……気持ちいい〜……

◆◇◆

「げ、なんでこんなところで寝てんだよ。風邪引くぞ。ちゃんとベッドで寝ろよ」

あれ、円城寺さんの声が聞こえる。ああ、そっか、ここリビングだった。

「うぅー……自分の部屋だと、熟睡しちゃう……ので」

「朝まで熟睡しろよ」

「深夜アニメ、リアルタイムで見たいんですもん……今日、絶対熱い展開……ですよ」

ネットで実況しながら見たい……ああ、そういえば最近、歌穂さんが全然オンラインにならないし、独り言を送信しても反応してくれないなぁ……

忙しいのっていつまでだろう。まさか、このままフェードアウトしちゃうなんてこと、ないよね？

そういう風に交流が途絶えた人が、今までも何人かいた。オンライン上の付き合いだから、リアルの友達と違って探しようもない。

ああ、嫌だなぁ……歌穂さん、いい人だし、ずっと仲良くしていたいよ。

「こんなところで寝たら風邪引くだろ。今日やる深夜アニメって二時半からだっけ？　その時間帯に起こしてやるから、自分の部屋で寝ろよ」

――あ、石鹸のいい匂いがする。

と思ったら背中と脚の間に手を差し込まれ、驚いて目を開くのとほぼ同時にフワリと身体が浮かんだ。

「えぇっ!?」

お姫様抱っこされていたことに気付いたのは、円城寺さんが歩き出してからだった。

「ちょっ……円城寺さんっ……なんてことしてるんですかっ！　下ろして……っ」

手足をバタバタ動かすと、暴れるなと怒られた。

「だ、だって、だって……っ」

「活きのいい魚を釣り上げた気分」

「魚って、もうっ！　自分で歩けるから、下ろしてくださいっ」

「すぐに着くから大人しくしてろ。ほら」

そうして円城寺さんは、わざわざベッドまで行って下ろしてくれた。

「もう……っ！　寝てるところをいきなり抱き上げるなんて、ビックリするじゃないですか」

顔がすごく熱い。お酒を呑んだ時とは別の熱さだ。というか、酔いが覚めた。

「顔、真っ赤だぞ。照れてんのか？」

「ち、違いますしっ！　これはその……さ、さっきのワインで……」

「寝てる時は、赤くなかったけど？」

「なっ……そ、れは……」

なにも言い返せずにいたら、円城寺さんがククッと笑って顔を近付けてきた。

これって、もしかして……

キスの予感がしたけれど、顔を背《そむ》けられなかった。円城寺さんの唇がチュッと重なると、心臓が大きく跳ね上がって、身体中の血液が沸騰《ふっとう》したように熱くなる。

――私はどうして、拒めないの？

いや、答えはとっくにわかっていた。

私、円城寺さんのことが、好きなんだ。

まさか初めての恋が、こんなに不毛な恋になるなんて思わなかった。大企業の社長とごく平凡な一般人って、まったく釣り合ってない。報われる可能性が限りなくゼロに近いってわかっているから、わざと気が付かないようにしていたのに。

「やっぱり、照れてんだろ。可愛い」

円城寺さんは私の頬や耳に、ちゅ、ちゅ、とキスしてくる。くすぐったくて、身体がだんだん熱くなっていく。

ま、まずい……これは、まずくない？

付き合っていないのにキス以上するって、絶対まずい！　というか、キスだってまずいよ！

円城寺さんって知り合って間もない私にキスしちゃう人だし、このままエッチ……なんてことにならないとも限らない……？　そうなったら私は、トルソーどころかセフレになっちゃうの!?

「んっ……ちょっ……ちょっと、円城寺さんっ！」

「なに？」

「なにって、こっちのセリフですよっ！　いつも、つ、付き合ってない女の子に、こんなことしてるんですか？」

あ……

自分で言っておいてなんだけど、想像したら悲しくなってしまって涙が出てくる。

「どうして泣くんだよ」

円城寺さんは私の隣に腰を下ろすと、頭を優しく撫《な》でながら尋ねてくる。

ああ、気持ちいい……

そのまま撫《な》でられていたい衝動に駆られるけれど、理性を奮《ふる》い立たせてその手を払う。

「……っ……い、言いたくありません」

「俺が他の女にもキスしてると思ったから？」

お見通しなのが悔しい。

「だ、だったら、どうだって言うんですかっ！ 私、こういう軽いの嫌です！ 付き合ってない人とするの、嫌ですっ！ セフレトルソーなんて、お断りですからねっ！」

不機嫌だということを表すためと、円城寺さんの反応が怖くて見られないという両方の理由で、顔をフイッと背《そむ》ける。

「じゃあ、付き合えばいいだろ」

「なっ……だから、私はそういう軽いのが嫌なんですってば！ 他に何人……いや、何十人彼女がいるんですかっ！ リアルハーレムじゃないですか！ ラノベ主人公ですかっ！」

「一人もいないっての。つか、なんで俺を軽い男扱いするんだよ。事実無根だっつーの」

「事実じゃないですか！　現に私にキスしてるし……」

「外国人の挨拶《あいさつ》でもあるまいし、好きじゃなきゃキスなんかしねーよ」

「えっ」

背《そむ》けていた顔を円城寺さんに向けると、決してふざけているとは思えない表情で私を見ていた。

「好きじゃなきゃって……え、それって……私のことが好きってことですか？」

「ああ、そうだ」

「えぇっと、そして別の人も好きで、またまた別の人も好きで……？」

「なんで二人目、三人目と出てくるんだよ。誰だよ」

「いや、知りませんよっ！」

「俺の好きな女は、お前だけだっての。いい加減信じろよ。つか、しばらく俺と暮らしてきて、俺が女を作るタイミングがあったと思うか？」

円城寺さんは食事や睡眠時間すら削って、ひたすら仕事をしていた。言われてみると、あるとは思えない。

「ない、です」

「わかればいい」

「え、でも、どうして私なんかを？」

「『私なんか』？」

『今後は「私なんか」なんて言うなよ。それに、お前が自分を卑下《ひげ》するってことは、お前を褒《ほ》めた俺も否定することなんだからな。スゲー失礼だろ』

さっき円城寺さんに言われたばかりのことを思い出し、気まずさを覚えながら言い直す。

「えっと、どうして私……を？　その、いつから？」

「いつからかは、内緒。また機会を見て話す」

「えっ！　そんな言い方されると、すごく気になるんですけど」

「まあ、そのうち話すから。好きなところは、今教えてやれる。アニメとかゲームとかに夢中なとこも可愛いなって思うし、ツンケンしてたと思ったら、夕食作ってくれたり、夜食を持ってきてくれる健気《けなげ》なとこも。一番好きなのは、コスプレ衣装を一生懸命作ってるところ。楽しそうにしてるとことか、真剣な目とか見てると、ゾクゾクする。最初は陰気でウジウジした奴だと思ってイライラしてたけどな」

「ウジウジって……」

　確かにウジウジしてるけど、面と向かって言われるとキツイ！　まあ、包み隠さず言うところが円城寺さんらしい。

「で、お前は？」

「へ？」

「お前は好きでもない男にキスさせる軽い女なのか？」

「なっ……違いますよっ！　確かに最初のキスの時は、好きでもなんでもなかったですよ？　むしろ嫌な奴！　って思ってましたけど、まさかキスなんてされると思ってなかったから避けようがなく……でも、二度目からはビックリしたけど、でも、気持ちに変化があったというか……」

「キャラクターくじの頃から、もう俺を好きだったってこと？」

　顔が熱い。

　コクリと頷《うなず》くと、円城寺さんが嬉しそうに笑うのがわかった。

「彼氏になって欲しい？」

「そ、そうですけど、ハッキリ聞かないでくださいよぉ……」

「大事なことだろ」

　ああ、告白するって、なんて恥《は》ずかしくて、勇気のいることなんだろう。

「嫌な奴って思ってたけれど、一生懸命仕事を頑張る姿がカッコいいな……尊敬するなって。自然と円城寺さんに、なにかしてあげられないかなって考えるようになって、夕ご飯とか夜食とか作るようになって……今までは自分のご飯ですら作るのが面倒だって思ってたのに、アレ？　って。それに円城寺さん、さり気なく優しいし、いつの間にか……でも、不毛な恋はしたくないからって、自分の気持ちに気付かないふりをしていたというか……」

「相変わらずネガティブな奴だな」

ククッと笑われて、「だって！」と言い返そうとしたら、唇をカプッとかじられた。

「いいよ。お前の彼氏になってやるよ」

「えっ……んっ！　……んん……」

驚いていると、深く唇を重ねられた。角度を変えながら唇を食《は》まれているうちに、身体の芯が熱くなっていく。身体の力を抜いたほうが気持ちいいってこの間のキスでわかったから、意識して力を抜いてみる。

うう、気持ちいい……

キスがこんなに気持ちいいものなんて驚きだ。

キスってどんな感じなんだろうと思って、湿らせたマシュマロを唇に押し当てたことも実はあるのだけど（人に見られたら恥《は》ずかしくて、死ねると思う）、まったく気持ちよくなくて、『なーんだ！　キスってこんな感じなんだ。それなら一生経験なしでもいいかも』なんて思ってたけど、全然違う。マシュマロ完敗！

緩んだ私の唇を割って、長い舌が潜《もぐ》り込んでくる。

「……っ……ん……！」

反射的に舌を引っ込めそうになるけれど、また元の位置に戻す。すると円城寺さんが合図をするように、舌先で私の舌をツンと突《つつ》いてくる。恐る恐る自分の舌を伸ばしてみると、長い舌が絡んできた。

擦《こす》り付けられているうちにお腹の奥が熱くなってきて、恥《は》ずかしい場所がヌルヌルに潤《うる》みだすのがわかる。

ああ、私、また感じちゃってる……

「んっ！」

円城寺さんの手が、Tシャツの上から私の胸を包み込む。

「え、円城寺……さん？」

「なに？」

「その、手が……」

「手が？」

円城寺さんは意地悪な笑みを浮かべると、胸に宛《あて》がった手を動かして揉《も》み始めた。

「ひゃぁっ！」

「すごい反応だな」

　ククッと笑われて、恥《は》ずかしくなる。

「だ、だって、円城寺さんが、いきなり、も、揉《も》む……から」

「下の名前」

「へ？」

「下の名前で呼べよ。覚えてるか？」

「そりゃもちろん覚えてますよ。えーっと……昴……さん？」

「『さん』はいらない。呼び捨てでいい」

「昴………くん」

「だから呼び捨てでいいって言ってんだろ」

「だ、だって、なんか照れくさくて……」

　ただ名前を呼ぶだけなのに、どうしてこんなにも恥《は》ずかしくなってしまうんだろう。

　私の恋愛スキル、高校生……いや、中学生……小学生並みかも。

「じゃあ、慣れるまでは好きに呼んでいいよ」

「すみません。じゃあ、昴……さん、で……んっ……」

　手が動くたびに、ビクッビクッと身体が跳ねてしまうのが恥《は》ずかしい。

「お前、寝る時もブラ着けてんの？」

「いえ、いつもは着けてないですけど、今日はリビングで寝るから……その……」

「ああ、俺が通った時のことを考えて？　乳首が浮くから？」

「～……っ……もう、その通りですけど……そういうこと聞かないでください……あっ」

Tシャツの中に手を入れられ、ブラのホックを外された。

ブラの締め付けがなくなるのは、すごく無防備になった感覚。例えるのなら、冒険ゲームをしてる時にモンスターの群れの中を防具なしで走っているような……？

昴さんの手がブラのカップの中に潜《もぐ》り込んできて、胸に直接触れた。

手が！　昴さんの手が私の胸を触ってる！

もしかして……もしかしなくとも、これって、エッチの流れ？

「すばっ……昴さん、仕事は？」

「今日は、もういい」

「い、いいんですか？　仕事の鬼なのに？」

「仕事も大事だけど、それ以外にも大事なことがあるだろ」

五本の指が胸に食い込むたび、心臓が破裂しそうなほど激しく脈打つ。

「……っ……ン……」

胸の先端がチリチリと熱くなって、尖《とが》っていくのがわかる。昴さんはそこを親指で弄《いじ》りながら、私の胸をふにふにと揉《も》み続けた。

多分、私の乳首が尖《とが》ってるってことが、昴さんにも伝わってるよね？　は、恥《は》ずかしい～……！

「あっ……！　んっ……んぅっ……」

しかも胸の先端を弄《いじ》られるたびに、変な声が出てしまってなおのこと恥《は》ずかしくて堪らない。手で口を押さえていたところ、昴さんがククッと笑う。

「声、我慢してんのか？」

「……そ、です……よ。恥《は》ずかし……から」

「そう恥《は》ずかしがられると、ますます聞きたくなるな」

「なっ……あっ⁉」

尖《とが》った胸の先端を抓《つま》まれ、指の間でクリクリ転がされると、手では隠しきれない大きな声が出てしまう。

「もっ……昴……さんっ！　あっ……んんっ……」

「手ぇ退《ど》けて、もっと声聞かせろよ」

「い、意地悪……言わないでくださいよっ！　運動部の声出しじゃ……ないんですから、大きな声なんてっ……」

感じてビクビク身悶《みもだ》え、喘《あえ》ぎながらそう言ったら、私の胸を揉《も》んでいた昴さんの手が震え出す。どうしたのかと思えば、笑っていた。

「お前……こんな時まで笑わせるなよ」

「笑わすつもりなんてないですよ。昴さんの笑いの沸点が低いだけじゃないですか？」

「言ってくれるな？」

昴さんはニヤリと笑い、私のTシャツをめくり上げる。

「あっ！　ちょ、ちょっと、待ってください。電気っ！　電気消してください」

「なんで？」

「なんでって、見えちゃうからに決まってるじゃないですか」

「俺は見たいから、つけたままにしてるんだけど？」

「ちょっ……きゃーっ！」

Tシャツを脱がされ、辛《かろ》うじてブラだけを装備しているという頼りない姿にさせられた。しかもホックが外れているので、ずれて胸が見えている始末だ。

防御力ゼロ……

昴さんがブラを取り除こうとしている。胸が隠れていたら最後の抵抗をしていたかもしれないけれど、もう胸が見えているので諦《あきら》めた。

「いい眺めだな」

「よく言いますよっ！　前に貧相な身体とか言ってたじゃないですか。興味ないとも言ってたくせに」

恥《は》ずかしさを誤魔化《ごまか》すために、つい可愛くないことを言ってしまう。

「訂正する。お前、意外と胸あるな。B……いや、Cはあるか？」

昴さんはふにふにと胸を揉《も》みながら、見定めるようにジロジロ眺めてくる。

「か、観察しないでくださいっ！　というか、変態っぽいですよっ⁉」

思わずまた可愛くないことを言うと、昴さんがなにか考え込む。

あ、あれ、変態っぽい……は、言いすぎだったかな。嫌われちゃった？

「……まあ、そうだな。言われてみると確かに」

考え込んでたんだ⁉　しかも否定しないの⁉

「ひ、否定しましょうよぉ……っ！　あっ……や……んんっ」

「いや、別にいい」

「いいって……ぁっ……ぁっ……んんっ」

首筋や鎖骨《さこつ》にキスを落とされ、ビクビク身悶《みもだ》えていると、とうとう昴さんの柔らかい
唇が胸にまで到達する。

「あっ……そ、そこにも、その……キス、するんですか？」

「もちろん。前の男にはされたことなかったか？」

うげ……！

そうだった。経験者だって言っちゃったんだった。

ひたすら違うって言ったのに処女だって決めつけられてたけど、実はちゃんと信じてくれてたの!?　あああ……！　変な意地を張るんじゃなかった……！

「な、ないというか、そもそも、ですね……えぇーっと……あっ」

胸を根元から掴《つか》まれると、尖《とが》った先端が強調される。恥《は》ずかしくて目を覆《おお》いたくなるほどのエッチな光景が目の前に広がり、一瞬だけ目を瞑《つむ》ってしまった時に柔らかな感触が襲ってきた。

「あっ……！」

それは昴さんの唇の感触だった。胸の先端を唇の間で挟み、ねっとりと舐《な》めてくる。

「……っ……あン……！　ふぁ……っ……や……くすぐった……っ……はぅっ……」

あまりのくすぐったさに、身体がくねくねとよじれてしまう。ショーツの中は大洪水が起きたみたいにぐしょ濡れで、ショートパンツにまで滲《し》みていないか心配になるぐらいだ。

「くすぐったい？」

身悶《みもだ》えながら頷《うなず》くと、敏感になった先端をチュッと吸われた。

「ふぁ……っ」

「慣れてきたら、そのうちくすぐったいのが気持ちよくなるから、頑張って耐えろ。な、経験者」

昴さんはニヤリと笑い、「経験者」を強調してくる。

やっぱり、経験者じゃないって気付かれてる……!?

「い、意地悪……！　いつから気付いてたんですかっ……」

「なんのことだ?」

「私に、その……経験……がないってことですよ」

「最初にキスした時から。あまりにも下手だったし、男に免疫《めんえき》なさすぎたからな」

それなのに経験者だって言い張ってた私って、なんてカッコ悪いの～……！

「下手って……もう、失礼ですよっ！」

恥《は》ずかしさを誤魔化《ごまか》すように、胸を弄《いじ》り続けている昴さんの肩を叩くと、ベッドに押し倒されてふたたび深く唇を奪われた。

「ん……っ……んん……」

まだ余裕はまったくないけれど、昴さんの舌の動きに合わせて、自分の舌も動かせるようになってきた。

「……少しは上手くなったな?」

なんて言ったらいいかわからなくて、「おかげさまで……?」と返したら、また笑われた。

「彼氏がいたことはあるのか？」

「ん……っ……一人、だけ……と言っても、高校生の時に……一か月しか付き合ってませんし、手を繋ぐだけで終わったというか……」

「一か月？　短いな。なんで？」

「……っ……元々、いい人だな～……という感情はあっても、恋愛感情を持って……なくて、でも、周りに彼氏ができ始めて焦《あせ》りがあって……告白されて、OKしたんです……けど」

質問している間も昴さんは胸を包み込んだ手の動きを止めず、私に甘い刺激を与え続けるものだから、言葉が途切れ途切れになってしまう。

「ああ、なるほど。そういう流れか」

「はい……でも、放課後にデートしたり、夜にメールとか電話する時間が、勿体《もったい》なく感じて……」

「勿体《もったい》ない？」

「えーっと、その時間があれば、オタク活動に精を出せる……っていう意味……です」

ほ、本当に酷《ひど》い……

言い訳のしようがない。なんて酷《ひど》いことをしてしまったんだろう。

思い出すたびに罪悪感で胸が痛むと共に、あの頃の痛い自分の考えを思い出して、その辺を転げまわりたくなる。

「お前、なかなか酷《ひど》い奴だな」

「わ、わかってますよ。今までも悪いことをしたなぁって思ってました。でも、昴さんを好きになってから、罪悪感が強くなりました」

「なんで?」

昴さんは右手で胸を揉《も》みながら、左手でショートパンツから見えている太腿《ふともも》をしっとりと撫《な》で始めた。

「……っ……気持ちを伝えるのって、すごく勇気がいることだって……わかったし、好きな人から拒絶される怖さも……初めて好きな人ができて、わかりました……すごく酷《ひど》いこと……しちゃいました……」

きっとすごく傷付けた。いつか彼に会うことがあれば、謝りたい。

罪悪感で胸を痛めていると、昴さんが耳や頬にキスをしてくる。

「お前のそういうとこ、好き」

「ン……っ……そ、そういうとこって、なんですか……」

「わかんないとこがお前らしいな。教えてやんない」

「余計、気になるんですけど……っ!」

「てか、好きな奴ができるの初めてって……」

「二次元相手に恋することはたくさんあっても、三次元の人に恋をするのは……初めてです。もうこの歳まで来たら、一生ないと思ってたんですけど……」

人生って、なにが起きるかわからないものだなぁ……

「ふぅん、俺が初恋……ね」

昴さんは顔を上げて私をまじまじと見つめながら、ポツリと呟く。その顔は、心なしか嬉しそうに見えた。

あれ、もしかして、喜んで……る？

その顔をじっくり見ようとしたら、太腿《ふともも》を撫《な》でていた手が内腿《うちもも》にやってきた。しっとりと撫《な》でられると、思わず脚に力が入ってその手を挟んでしまう。

「こら、挟むな。動かせないだろ」

「だ、だって、手つきが、いやらしいんですもん……っ」

「いやらしいことしてるんだから、当たり前だろ？」

「あっ……た、確かに……」

いやらしいこと、そうだ。いやらしいことをしてるんだ。昴さんと……か、彼氏と……！

自覚したらさらに恥《は》ずかしくなるのと同時に、興奮が強くなるのがわかる。

わ、私のほうが、変態なのかも……？

「一花、尻浮かせて」

「……っ……浮かせろって……魔法使いじゃないんですから、無茶言わないでくださいよ」

「その浮けじゃねーよ。腰と脚に力入れたら、尻を浮かせられるだろ？」

「あっ……なるほど」

よく考えたら……いや、よく考えなくても、そうだった。でも、お尻を浮かせて、どうするつもりなんだろう。

とりあえず言われた通りにお尻を浮かせると、ショートパンツをずり下ろされて、ショーツだけの姿にさせられた。

「きゃっ!?」

お尻を浮かせた目的がようやくわかった。

「なんか、意外だな」

「な、なにがですか？」

「まさかこんなことになると思わなくて、上下バラバラの下着で慌てる姿が見られると思ってたのに、意外にも上下揃ってたし、随分と可愛いな？」

「私に一体どんなイメージを持ってたんですかっ！　たまにうっかりバラバラになることもありますけど、基本は揃ってますよ。コラボ下着なのに、バラバラだったら台無しですからね」

　私はドヤ顔で答えた。

「コラボ下着？　ああ、アニメとかゲーム会社と下着会社がコラボして出してるやつか」

「そうそう、詳しいですね。今日のはストーン・コレクションのストロベリークォーツちゃんのコラボ下着ですよ。可愛くてお気に入りなんです」

　ちなみに仕事で制服に着替える時は、下着が見えないようにシャツで隠しながら着替えている。さらに、もし見られてなにか言われたとしても『え、これってアニメ？　とかゲーム？　とコラボしてる下着なんですか～知らなかった。友達からもらったものだから、大切にしてるんですぅ』なんて答えようとシミュレーションもバッチリだ。

「お前、本当ぶれないよな」

　昴さんはククッと笑いながら、私のショーツに手をかけた。

「あっ……ま、待って」

「なに？」

「ぬ、脱がないと……ダメですか？」

　当たり前なのだけど、あまりにも恥《は》ずかしくて尋ねてしまう。二十六年間、こういった行為とはまるで縁がなかったから、いきなりの変化に心が付いていかない。

昴さんとすること自体は嫌じゃない。でも、ドキドキして心臓がどうにかなりそう。

「脱がないと、汚れるんじゃないか?」

「へ?」

「さっきからお前が尻を動かすたびに、クチュクチュエロい音が聞こえてくるんだけど?」

「……っ!」

気付かれてたなんて……

顔が熱くなると同時に、ショーツの無事が心配になる。脱ぐのは恥《は》ずかしい。でも、ショーツも大切だ。しかも今穿《は》いているものは期間限定生産品。汚れたから買い替えたいと思っても、また新しいものが手に入るかはわからない。

自然と脳内で、羞恥心《しゅうちしん》とショーツの無事を天秤《てんびん》にかける。

「ぬ、脱がないと……っ!」

「だな。ほら、尻浮かせて」

「んっ……」

腰と脚に力を入れてお尻を浮かせると、昴さんはショーツをずり下ろす。すると、あろうことか、昴さんは私のショーツのクロッチ部分を覗《のぞ》き込む。

「ちょ……っ!　み、見ないでくださいよっ!」

「手遅れだったな」

昴さんはニヤリと意地悪な笑みを浮かべるとショーツを裏返しにし、羞恥心《しゅうちしん》でいっぱいになっている私にクロッチ部分を見せてきた。

「み、見せないでくださいよっ！　もう、昴さんの変態っ！　バカバカ！　うう、まだ、三回しか穿《は》いてないのにぃ……っ」

クロッチは想像以上の量の愛液で濡れていて、恥《は》ずかしいし、汚したのがショックだし、八つ当たりで昴さんの身体をバシバシ叩く。

「こら、暴れるな。これくらいなら汚れたうちに入らないだろ。洗えば取れる」

「うう、そうかもしれないですけど、気持ち的な問題で……っ」

昴さんはショーツをベッドの隅に追いやりながら、もう一方の手の長い指を私の割れ目に潜《もぐ》り込ませてくる。

「あっ……」

昴さんの指が、私のに……っ！

長い指が割れ目の間を往復するたび、クチュクチュとエッチな音がして、それと共に甘い刺激が訪れる。

昴さんの指はなにかを探るように動き、やがて一点に触れた。

「ひゃうっ……！」

「初めてで乳首は感じられなくても、こっちは感じられるんじゃないか？」

エロゲーや十八禁同人誌を山のように持っている私は、経験はなくとも知識だけは豊富だ。

そこを弄《いじ》られるととても気持ちいいということはわかっていた。けれど、想像以上の快感が襲ってきたことに驚き、気持ちよさのあまり、やがてなにも考えられなくなる。

「あっ……あっ……ふぁ……やっ……んんっ……あっ……！」

指が動くたびにビクビク身体が震えて、お腹の奥が沸騰《ふっとう》したみたいに熱くなっていくのがわかる。膣口が勝手に収縮を繰り返し、そのたびに愛液が溢れ出す。

今すぐショーツを洗いに行きたかった気持ちが萎《しぼ》んで、昴さんの指から与えられる刺激に、すっかり夢中になっていた。

あまりの快感を自分の中でどうしたらいいかわからなくて脚に力が入り、また昴さんの手を挟んでしまう。

「こら、挟むな」

「だ、だって……」

脚で挟むことで手首の自由は奪ったけれど、指先の自由までは奪えなかったようだ。中指で敏感な粒をぷにぷにと押されると、身体の力が自然と抜ける。

「ぁ……っ！」

キスと同じく、身体に力を入れるよりも、身を任せたほうが、より気持ちよくなる気がする。

人間の身体って不思議……！

私が感じて息を乱すたびに、自分の胸が上下に動くのが見える。

——昴さんの前に、なにも身に着けていない姿を晒《さら》している。

昴さんに触られて、舐《な》められて、胸の先端がこんなに尖《とが》ってるところも全部。

見るたびにそう自覚させられて、余計興奮してしまうのがわかった。

こういう感覚って、皆あるのかな？　それとも私が変態なだけ？

興奮すると感度が上がるみたいで、昴さんの指から与えられる甘い刺激が強くなる。

「気持ちいいか？」

「あんっ！　っ……も……恥《は》ずかしいこと、聞かないでください……よっ……あっ……ン……ぅっ……んっ……んんっ……！」

口を開くと、言葉より先に喘《あえ》ぎ声が出てしまう。

足元からジワジワとなにかがせり上がってくるのに気付く。耳年増《みみどしま》な私は、これが絶頂に近付いているということだとわかった。

エロ同人とかでいう、『あー！　イッちゃう！　イッちゃうのっ！』ってセリフを言う時のアレを私もついに経験する時が……！

未知の感覚が、もうすぐ訪れる。ほんの少しの恐怖とそれ以上の期待で胸がいっぱいになって、熱い吐息が零《こぼ》れた。なにかに掴《つか》まっていないと不安で、縋《すが》るように昴さんの服を掴《つか》む。

「恥《は》ずかしがるから、余計聞きたくなるんだろ？　言えよ」

「や……です……よぉ……！」

「言わないなら……」

昴さんはニヤリと笑い、指の動きを止めた。

「あっ……」

たった今まで弄《いじ》られていた敏感な粒が、もっと刺激が欲しいと訴えるようにジンジン痺《しび》れて、熱いお腹の奥が激しく疼《うず》き出す。

「もう、やめるか？」

「……っ……昴さんの、意地悪っ！　いじめっ子！」

「男は皆、好きな奴を苛《いじ》めたくなるもんなんだよ」

好きな奴……

思わずときめいてしまったけれど、意地悪は意地悪だ。

「言えよ。お前にエロいこと言わせたい」

「小学生ですかっ！」

「やめる?」

「……っ……言い、ますよ……言います……から……」

すごく恥《は》ずかしい。でも、言わないと続きはしてもらえない。もっとして欲しい。

イッてみたいし、もっと昴さんとこうしていたい。

「気持ち……い、です……」

「なに？　聞こえない」

「もぉ……っ！」

絶対聞こえてるはずなのにっ！

苛《いじ》められ続けるのが悔しい。なんとかして、一矢報《いっしむく》いたい。

そうだ！

「大きい声……出せないです。耳貸してください……」

「ん」

昴さんはなんの疑いも持たない様子で、私に耳を貸してくれる。

ふふふふ、チャンス到来……！

「気持ちいいって言ってるじゃないですかっ！　昴さんの意地悪！」

無防備に差し出された昴さんの耳をカプッとかじってやった。とはいえ怪我をしては
大変だから、本当に軽く。

「んぁっ⁉」

きっと驚くだろうなとにやけていたら、想像していたものとは違う反応が返ってきて、私は目を丸くした。昴さんは頬を染め、私が噛んだほうの耳を押さえている。もう一方の隠れていないほうの耳は赤い。

「……っ……バカ、なにすんだ。変な声が出ただろうが」

あれ、もしかして……耳、弱い？

「ぷっ……ふふ」

昴さんって完璧で、隙がないカッコいい人だってイメージがあったけど、可愛いところもあるんだ。二次元キャラでギャップに萌えることは何度もあったけれど、三次元では初めてのことだ。

「なに笑ってんだよ」

「可愛いなぁって思って。耳、弱いんですか？」

「……違う」

変な間があったし、頬や耳がまだ赤い。

絶対弱いよね⁉

「じゃあ、もう一回噛んでもいいですか？」

「嫌だ」

「断るってことは、弱いってことですよね？」

「ち、違うっての。お前に食いちぎられたら困ると思ったからだ」

「食いちぎるわけないでしょ！　私は猛獣ですかっ！　じゃあ、触るだけでもいいです。……先に言っておきますけど、ちぎりませんからね。それならいいでしょ？」

打つ手を塞《ふさ》ぐ発言をすると、少しだけ昴さんがたじろぐのがわかった。

「……まあ、好きにしていいぞ」

耳が弱いなら、手で触れてもさっきみたいな反応が見られるかもしれない。

ワクワクとドキドキを胸に抱え、昴さんの耳に手を伸ばすと——割れ目の間にあった長い指が動き出した。

「ふぁ……っ!?」

「ただし、触れるならな」

昴さんはニヤリと笑い、敏感な粒を人差し指と中指の間に挟み込み、上下にゆっくりと擦《こす》り始めた。

指と指の間で敏感な粒が擦《こす》れて、甘い刺激が襲ってくる。

「ぁんっ！　す、昴さん……っ……ズル……い……っ……んっんっ……あぅっ……ン……あっ……！」

耳に触るどころか、腕が上がらない。

刺激がなくなったことで遠ざかっていた絶頂の予感らしきものがふたたび足元から駆け上がってきて、一気に私の中を突き抜けていった。

「あ――……っ！」

頭の中が真っ白になって、全身の毛穴からなにかが勢いよく出ていったみたいに感じた。

す、すごい……

想像していた以上の気持ちよさで、頭がおかしくなりそうだ。ああ、目を開けていられない。私はギュッと目を瞑《つむ》り、呼吸すらも忘れて、初めての絶頂に痺《しび》れた。

「一花、今イッただろ？」

肩で息をしながら頷《うなず》くと、昴さんが満足そうに笑うのが見えた。

このあとって、もしかして……いよいよ、挿入？

心臓が破裂しそうなほどバクバク脈打ってる。

ど、どうしよう。緊張してきちゃった……

思わず両手で心臓の辺りを押さえると、昴さんがそれを見てククッと笑う。

「なんだよ。胸、触って欲しいのか？」

無防備になっている右胸を揉《も》まれ、私は顔を熱くしながら首を左右に振る。

「ン……っ……ちっ……違います！　これから、その……挿《い》れ……じゃなくて、あの、大人の階段を上《のぼ》るんだと思ったら、緊張……しちゃって」

「安心しろよ。今日は挿《い》れないから」

「……へ⁉　ど、どうしてですか？」

「初めてなら、徐々に慣らしてから挿《い》れたほうが辛くないんじゃないかと思ってさ。それに今日はコンドームの用意もない。まあ、これは買いに行けばいい話だけど」

こんどーむ……

私の人生の中で、その道具が必要になる時が来るとは……なんだか不思議な感じだ。

「な、なんか、拍子《ひょうし》抜《ぬ》け……」

「なにが？」

「なんとなく『おら、生でぶちこむぞ。くーっ！　処女のはやっぱり違うな。痛い？　そりゃよかった。こっちは最高に気持ちいいぜ。ヒャッハー！　奥に濃いのたっぷり注《そそ》いでやるよ』なんてエロ同人みたいに襲ってくるものだと思ったのに」

「エロ同人の読みすぎだ。というか、俺をなんだと思ってるんだよ。失礼な奴だな」

「すみません。なんか頭がぼんやりしてて、本音が隠せないです……」

「なおのこと悪い！　ったく、いいからお前は、たっぷり感じて、気持ちよくなってろよ」

昴さんは私の両膝に手をかけて、ゆっくりと脚を開かせていく。

「あっ……！　ま、待ってください……」

「なに？」

「ひ、開いたら、見えちゃう……っ」

「ああ、そうだな。見るために開いてるからな。恥《は》ずかしいか？」

「……っ……当たり前、ですよ。だ、だから……」

恥《は》ずかしいのなら、見るのはやめておこうという流れを期待していたのだけれど、ドS魔人の昴さんがやめてくれるわけがなかった。

「まあ、聞いただけで、やめるつもりないけどな」

「酷《ひど》っ！　あっ！　きゃーっ！」

イッたばかりで力が入らない私の脚は、昴さんにされるがままだった。

閉じた膝を左右に開かされ、恥《は》ずかしいところを露《あら》わにさせられた。よりによってこんな明るい部屋で。

興奮して熱を持った恥《は》ずかしい場所に、ひんやりとした空気と昴さんの意地悪な視線が触れた。顔が沸騰《ふっとう》しそうなほど熱くなる。

「ぐしょ濡れだな」

「わっ……わっ……わかってますよ！　そんなことっ！　もう、見ないでくださいっ！」

脚を閉じたくても、昴さんの身体が脚の間にあって閉じられない。

「やだ。これは俺のだ。ようやく手に入れたんだから、じっくり見てなにが悪い」

顔から火が出そうなほど恥《は》ずかしいのに、不覚にもときめいてしまった。

俺のだって……俺のだって……なにっ！　か、可愛いこと言わないでよ……

でも、私ばかり恥《は》ずかしいのは嫌だ。ズルい！

「……っ……だ、だったら、昴さんの身体は、私の……ですよね？」

「そうだな。お前のだ」

昴さんはニヤリと笑って、私の内腿《うちもも》にキスしてくる。

「んっ……！　じゃあ、昴さんも……ぬ、ぬ、脱いで……ください」

「なに？　俺の裸がそんなに見たいのか？」

「ち、違いますよっ！　裸になるのってただでさえ恥《は》ずかしいのに、私だけ裸ってなおのこと恥《は》ずかしいんですっ！」

いや、見たくないわけじゃない。むしろ興味津々《きょうみしんしん》……なのだけど、認めたら痴女《ちじょ》になってしまう。でも鋭い昴さんのことだ。私の考えなど、お見通しだろう。だってほら、意地悪な笑みを浮かべている。

「じゃあ、公平に行くか」

昴さんは身体を起こすと、カットソーを脱いだ。無駄な脂肪が一切ない上に、お腹が割れている。

デスクワークなのに、肉体労働系の仕事してます⁉　って聞きたくなるぐらい締まってるんですけど……⁉

「昴さん、鍛えてます？」
「鍛えてるってほどじゃないけど、時間がある時にはジムに寄るようにしてる」
「あんだけオーバーワークなのに、ジムに行く余裕があるんですか⁉」
「オーバーワーク気味だからこそ鍛えるんだろ。基礎体力が上がれば、それだけ動けるようになるからな」
「基礎体力増やすよりも、少しは休んでくださいよ……きゃっ！」

思わず自分のプヨプヨのお腹を押さえると、私の腕の隙間に昴さんの手が伸びてきて、お腹を抓《つ》まんでニヤリと笑う。

「プヨプヨだな。今度からジムに行く時は、お前にも声かけるか？」
「一人で行きますっ！　引き締まってなくて、悪かったですねっ！」

私は昴さんの手を抓《つね》りながら、口を尖《とが》らせて明後日《あさって》の方向を向く。

「悪いとは言ってないだろ。ん、触り心地いいな。気に入ったから喜べよ」
「プヨプヨのお腹を気に入られても、嬉しくないですっ！」

くそーっ！　絶対、引き締まったお腹にしてやる！　これから朝晩、絶対腹筋するぞー！

そんなことを考えていたらお腹を抓《つ》まんでいた手が離れていって、カチャッという金属音が聞こえた。

あ……

ベルトを外す音だと気が付いて、顔が熱くなる。

恐る恐る顔を上げると、昴さんがボトムスを脱いだところだった。残りは黒のボクサーパンツ一枚……真ん中が盛り上がっていて、心臓が大きく跳ね上がった。

あれ、もう勃ってる!?　いや、これが通常？　わ、わかんない！

動揺して目のやり場に困り、目が泳ぐ。昴さんはそんな私の動揺などお構いなしと言うように、ボクサーパンツを脱いだ。

布の押さえから解放された昴さんのアレが、ブルンと飛び出た。

ＷＯＷ……！

日本人なのに、思わず英語が頭に浮かんだ。通販番組で、商品の性能があまりにも良すぎて驚く外国人のようなリアクションだ。

生で見たら、通常状態じゃないのはすぐにわかった。飛び出ちゃうぐらい大きくなっていて、先っぽが上を向いている。

は、は、初めて見た！　同人誌だと修正が入って、黒や白に塗りつぶされていたアレが、無修正で目の前に！

「……っ！」

刺激が強すぎる。見たいけど、でも、見てはいけないものを見ているような気分になり、自然と目を手で覆《おお》ってしまう。

「なんで目ぇ隠すんだよ」

「ちょっと私には刺激が強すぎというか、自主規制をかけたほうがいいかと……」

「……とか言いつつ、指に隙間開けて、こっそり見てないか？」

「開けてませんよっ！　隙間から見るくらいなら、堂々と見ますよっ！」

そう答えたら、昴さんがククッと笑い出す。

「まあ、それもそうだな」

「というか、なんでそんな平気でいられるんですか？　は、裸になったのに……」

私が羞恥心《しゅうちしん》でいっぱいになっているのと同様に、昴さんも素肌を見せて恥《は》ずかしい気持ちになってもらおうと思ったのに、まったく平気そう。

「いや、男が恥《は》ずかしがってたら、気持ち悪いだろ」

た、確かに……

「というか、恥《は》ずかしいって言うより、ワクワクする」

「ワクワク？」

「ああ、好きな女の身体を見て、触ってるんだから、ワクワクして当然だろ？」

「……っ」

なんでこの人は、不意打ちでそんなことを言ってくるのだろう。

「お前はワクワクしない？　恥《は》ずかしい。ドキドキする。どうしていいかわからなくてパニック……でも、その気持ちの奥底には、好きな人とこうして触れ合うことにワクワクしている自分がいる。そのことに気付いて、心臓がドキッと跳ね上がった。

なにも言わないまま指と指の間を開いて、昴さんの顔をチラリと見る。

目は口ほどに物を言う……ということわざがあるけれど、まさにそうなのだろうか。

なにも言っていないのに、昴さんは「だろ？」と言って笑いかけてきた。

「あのー……もう一個、質問してもいいですか？」

「いいけど」

「どうして、その……もう、元気に……というか、勃って……じゃなくて、えーっと、スタンドアップしてるんですか？」

「待て、俺に先に質問させろよ。なんで中途半端に英語なんだ？」

「だ、だって、『なんでもう股間が勃起してるんですか？』なんて、ハッキリ聞くの恥《は》ずかしいじゃないですかっ！」

「今、ハッキリ言ってるじゃねーか」

「……あっ！　ああああああっ！」

しまった……！

自滅して恥《はじ》をかいてしまった。

顔を熱くしてうなる私を見て、昴さんは大笑いした。視界の端に大きくなったアレが映って、わずかに上下に揺れているのが見える。

「好きな女の身体を触って、興奮してるからに決まってるだろ」

「へ？」

「俺が勃起してる理由。質問した傍《そば》から忘れてんじゃねーぞ」

「あっ……」

そ、そうだった。質問してたんだった。

……昴さん、私の身体に触って、興奮してくれるんだ。

嬉しくて、なんだかくすぐったい気持ちになって、キュンとする。

刺激が強くて、なんだか見ることに罪悪感があったから視線を逸らしていたけれど、指の隙間から昴さんのアレをチラチラ見てしまう。彼もそれに気付いたらしくて、目を覆《おお》っている私の手を退《ど》けた。

「指の隙間から見るぐらいなら、堂々と見るんだろ？」

「う……はい」

身体を起こして、ドキドキしながら昴さんのアレに視線を落とす。

「で、では、失礼して……」

「ぷっ……くくっ……なんだ、それ。いちいち笑わせてくんなよ。面白すぎるだろ」

「いや、笑わせるつもりで言ってませんしっ！　こっちは真剣なんですから。わ、わわ……」

これが本当に女性の中に収まるの!?　って聞きたくなるぐらいの大きさと長さだ。赤黒く、生々しい色をしてる。

これが昴さんのなんだ。私の身体に触れて、こんなに大きくなってるんだ。

お世辞《せじ》にも可愛いとか、綺麗《きれい》とか、素敵とか思えるような形状ではないのに、なんだかすごく愛しく感じる。

「怖くなったか？」

「い、いえ、でも、なんか……すごくドキドキする……というか、なんというか……」

「興奮するってことか？」

「こっ……!?　やっ……ち、違いますしっ！　なんというか、私の身体に触れてこうなってくれてるんだなぁって思ったら、キュンとするっていうか……」

「それが興奮って言うんじゃないのか？」

昴さんは私の耳や首にキスしながら、胸を揉《も》んでくる。

「……っ……ン……興奮っていうか……純粋な乙女心というか……」

「なんだ。それ」

私も……昴さんが私の身体に触れてくれるように、昴さんの身体に触ってみたいな。

……なんて、恥《は》ずかしくて言えそうにないけれど。だって、痴女《ちじょ》っぽくない⁉　積極的過ぎて引かれるかもしれないし！

「俺もお前のこと好きに触ってるし、お前も好きに触っていいぞ」

「えっ⁉　嘘……私、今、声に出してました？」

完全に無意識だった。他にもなにか変なことを言っていないか心配になる。

「いや、なにも」

「へ？」

「あ、触りたいと思ってたのか？」

ニヤリと笑われ、墓穴《ぼけつ》を掘ったと気付いた。

うう、無駄な恥《はじ》かいた……っ！

「お、思ってませんっ」

慌てて取り繕《つくろ》うけれど、もう遅い。昴さんは笑いながら、私を「はいはい」とあしらう。

でも、引かれている様子はないようでホッとする。

「今日は触るの、止めておくか？　お前が嫌なら、無理強《じ》いはしない。俺は好き勝手触らせてもらうけどな」

──恥《はじ》をかいたからには、とことん突き進むつもりだ。

「嫌なんかじゃないです。好きな人のきゃら……きゃらっ？　きゃらだ、ですから」

噛んだ……！　大事なところで噛んだし、言い直したのに「身体」って言えてない。

説得力ゼロな上に恥《は》ずかしい。

「んんっ！　好きな人の身体ですから」

咳払いで誤魔化《ごまか》そうとしたけれど、まったく誤魔化《ごまか》し切れていなかったようで大笑いされた。

「んじゃ、どこでもどうぞ？」

「えーっと、失礼します……」

耳に手を伸ばすと、その手を押さえられた。

「耳以外な。てか、この状態で耳を選ぶか？　普通は、今まで服で隠れてた部分を選んで触るだろ」

「いや、だって、フランス料理だっていきなりメインディッシュは食べないじゃないですか。まずは前菜からということで、敏感そうな耳から……」

「なんでフランス料理に例えるんだよ」

「秀逸な例えだと思いません？」

「自画自賛するなっての。ほら、耳以外のとこ触っとけ」

「あっ」

昴さんは私の手を操り、自分の胸に触れさせた。

すごい、温かい……って思うってことは、私より体温が高いってことだよね。男の人って体温が高いって言うけど、本当なんだ。

ペタペタ触っていると、胸の先端に目が行く。

あ……

ジッと見ていたら、昴さんがクスッと笑う。

「触ってもいいぞ」

み、見てるのバレた！

「じゃあ、えーっと……失礼します」

指先で触れると、フニュッとした可愛らしい感触が伝わってくる。恐る恐る撫《な》でているうちに、だんだん硬くなっていく。

「気持ちいいですか？」

「くすぐったい」

「触り方が下手だからですかね。じゃあ、こんな感じはどうですか？」

ちょっと積極的過ぎるかな？　と思いつつも、勇気を出して胸の先端にチュッと口付けて、上唇と下唇に挟んで、ふにゅふにゅと食《は》んでみる。

「……っ……くすぐったさが増した」

「えぇー……やっぱり私が下手だから……」

昴さんに触ってもらった時は、くすぐったいけど気持ちよかったのに。己の経験値の低さが憎い！

「いや、俺、乳首はあんま感じないかもな」

「えっ！　そうなんですか？」

「ああ、性感帯ではないな。でも、お前に愛撫されてると思ったら、興奮する」

「……っ……そ、そうですか」

感じてもらえないのは残念だけど、興奮してもらえるのは嬉しい。胸の先端をひとしきり堪能し、手を下へ滑らせていく。

ついにメインディッシュ！　じゃなくて、ここを触る時が……！

触ってもいいと言われているけど、他のところよりも躊躇《ちゅうちょ》してしまう箇所だ。指を伸ばすものの触れられずにいると、昴さんが私の手を掴《つか》んでアレに持っていく。

「なに、躊躇《ためら》ってんだよ。耳の時は積極的だったくせに」

「だ、だって、耳とこっちだと難易度が全然違うというか……あっ！　わ、わわっ！」

　昴さんに手を操られて、ついに本日のメインディッシュに触れてしまった。熱くて、しっとりしていて、生々しい感触だ。思っていたよりずっと硬い。

「お前、いちいちイイ反応するよな」

　ククッと笑われて、顔が熱くなる。

「面白がらないでくださいよ。こっちは真剣なんですからっ！」

　乳首は感じさせられなくても、こっちなら確実にいける……よね？

　私も昴さんを気持ちよくさせたい。

「あ、あのー……社長、質問いいですか？」

「ああ、いいけど、なんでいきなり社長呼び？　いや、社長だけども」

「いや、なんとなく……自然と出てきたっていうか、なんていうか。はいっ！　手なんですけどもっ……このメインディッシュに触れている手なんですけども」

「メインディッシュって言い方、いつまでも引っ張るなよ。で、手がなに？」

「もし、よかったらなんですけど……手、動かしてみていいですか？　私も昴さんを気持ちよくしたい……です」

　恥《は》ずかしくて、後半のほうが小声になってしまう。虫の羽音並みの小ささだ。でも、部屋が静かだったおかげで、昴さんの耳にはしっかり届いていたらしい。

「なに？　手でイカせてくれんの？」

「イカ……っ!?　う……は、はい、できれば……そうしたいなって……私もその、イカせてもらったわけですし……」

「いいけど、無理してるなら……」

「いえっ！　無理とかじゃなくて、その……純粋な気持ちで昴さんをイカせてみたいっていうか、なんというか……今ここで一歩踏み越えたほうが、こういうことに早く慣れそうだし……と、とにかく無理はしてないですっ！」

は、は、恥《は》ずかしい～……！　なんて恥《は》ずかしい会話なの！　明日冷静になった時に自分の言ったことを思い出したら、ベッドの上で悶絶《もんぜつ》しそう。

顔が熱くてどうにかなりそうだ。羞恥《しゅうち》で心を揉《も》みくちゃにされていると、昴さんがクスクス笑う。

私、やっぱり変なこと言った……!?

「お前って、ホント面白いな」

「面白……っ!?」

私、エッチなことは言いましたけど、面白いことなんて言ってないんですけど……！

「じゃあ、扱《しご》いてくれ。こうやって」

「わっ……わわわっ!?」

昴さんはアレを握っている私の手を握り、上下に擦《こす》り始めた。

「こんな感じ」

「わ、わわわわ、こ、こんなに擦《こす》って大丈夫なんですか？」

「ん……平気」

生々しい感触が、手の平や指先に伝わってくる。

擦《こす》り続けていると、昴さんが気持ちよさそうに目を細めて、息を乱すのがわかった。

あ……気持ちいいのかな？

気持ちよさそうにしている昴さんを見ていたら、お腹の奥がキュンと切なく疼《うず》いて、膣口から愛液が溢れ出すのを感じる。

私、昴さんを気持ちよくすることで、自分も気持ちよくなってる……昴さんも私を愛撫してくれた時、こんな感じだったのかな。

昴さんは私にある程度の要領を伝えると、私の手から自身の手を離す。

扱《しご》く手付き、すごく慣れてたなぁ……男の人って溜まるから出さないといけないんだよね。ということは……

「一人でする時は、いつもこうして扱《しご》いてるんですか？」

あ、ヤバッ！

興奮してるせいだろうか。頭に思い浮かんだことが、ポロリと口から出てしまう。

変態っぽい質問をしてしまった。昔、変質者からイタズラ電話がかかってきて、『ねえ、お姉さん。今、どんなパンツ穿《は》いてるの？』って質問されたことがあった。これ以上気持ち悪い質問ってある!?　って思ったけど、あった！　今私がした質問が、まさにそれだよ！

完全に引かれた……！

自分の失言を後悔して冷や汗をかいていると、昴さんが意地悪に笑う。

「なに？　一花は俺がどうやってオナッてんのか、気になるのか？」

「えっ!?　い、いや、そういうわけじゃ……その……た、ただ、純粋に興味があるだけで……」

彼氏のオナニー事情に興味を持つって、限りなく変態っぽい！　さっきより変態度が増してる！

後悔しても遅いけど、ただ頷《うなず》いておけばよかった。

これ、絶対に引かれる……！

そう確信した。でも、昴さんの表情は引いているようには見えない。引くと言うより、楽しそうな……イタズラを企《たくら》む子供のような表情に見えた。

な、なんで、こんな表情!?

「……っ……う……い、今の忘れてください……」

「ふーん、純粋に気になるんだ？　俺がどうやってオナッてんのかがそんなに……へえ？」

「わ、忘れてくださいって言ってるじゃないですか」

「無理」

か、完全にオモチャにされてる……！

「そ。溜まったら、こうやって抜いてる。今日からは、一花のエロい身体を想像しながら抜くことにするかな？」

昴さんは私の太腿《ふともも》を撫《な》でながら耳元に唇を寄せ、とんでもなく恥《は》ずかしいことを言ってきた。

「なっ……へ、変態ですか……っ！」

「変態？」

太腿《ふともも》を撫《な》でていた手が、大事なところまで伸びてきた。

「あっ……」

長い指で割れ目の間をなぞられると、クチュクチュとエッチな音が聞こえてくる。

「や……っ……んんっ……！」

「さっきよりも濡れてるな。俺のを扱《しご》いて興奮した？　それとも俺がオナッてるのを想像して興奮した？　どっちにしても変態だな？」

昴さんにクスッと笑われ、顔が熱くなる。

「もう……っ！　昴さん、は……変なことばかり……言う……っ！」

「そうか？」

「そう、ですよ……っ……ン……ぅっ……」

割れ目に潜《もぐ》り込んで敏感な一点を捕らえた指が、話している間も動き続けている。

うぅ……また、気持ちよく、なっちゃう……！

感じるたびに、昴さんのアレを扱《しご》いている手の動きが止まってしまう。気持ちいいけど、このままじゃダメだ。

「ちょ、ちょ……っと、昴……さんっ」

「どうした？」

私の言いたいことなんてわかっているくせに、意地悪な昴さんはわざと知らないふりをして質問する。

「……っ……さ、触ったら、ダメです……」

「なんで？」

指の腹でそこをノックされると、手を動かすどころか、座っていられないほどの甘い刺激が襲ってくる。

「わ、かってるくせに……っ……手、動かせなくなっちゃうから……ですよ……っ！　あっ！　……んっ……ンぅっ……」

というか、私にされてるのに、どうして手を動かせるの？　しかも、こんな巧みに……っ！

「俺がイクのと、一花がイクの、どっちが早いだろうな？」

「わ、私が先は……ダメです……っ……イッたら……んっ……本格的に……動かせなくなっちゃ……っ……う……昂さんを……気持ちよくしたい……のにっ……」

身悶《みもだ》えながらも必死に手を動かしていると、私のある一点を弄《いじ》っていた昂さんの指の動きが止まって、唇にキスされた。

「ん……っ」

昂さんは唇を離し、満足そうに笑う。

「お前の困ってる顔、可愛いな」

可愛いって言ってもらえて嬉しい気持ちが八割、残り二割はからかわれたことが悔しい気持ちだ。

「……っ……もう、昂さん！　んっ……」

抗議を込めて名前を呼ぶと、昂さんがまた唇にキスをしてきた。私の機嫌を取るような優しいキスで、思わず夢中になっていると、割れ目の間にあった指を引き抜かれる。

「ン……うっ……」

自分からダメだと言っておきながら、甘い刺激がなくなってしまったことが切なくて堪らない。

「悪い。もう意地悪しないから、イカせて。そのあとに俺もお前をイカせるから」

昴さんの指には、愛液がたっぷり付いている。空いているほうの手でティッシュを取ろうとしたら、彼はそれを舐《な》め取ってしまう。

「ちょっ……ちょっと！　なにしてるんですかっ！　汚いですよっ！　エロ同人じゃないんですよっ⁉」

「エロ同人は見たことがないからわかんねーけど、好きな奴のなんだから、汚くねーし」

「……っ……うぅ……」

汚いものは汚い！　と思う反面、『好きな奴の』というフレーズにときめいて、なにも言えなくなってしまう。

手を上下に動かし続けると、昴さんの呼吸の乱れが激しくなっていく。

「昴さん、私、気持ちよくできて……ますか？」

「ああ、お前の手、柔らかいから余計気持ちいい」

昴さんは私の空いているほうの手を握り、指を絡めてくる。

「わ、わわ」

こ、これはいわゆる、恋人繋ぎ……ってヤツだろうか。まさか自分が体験する日が来るなんて思わなかった。

「ん？　なんだよ」

「て、手が……」

昴さんの手って、こんなに大きいんだ。

温かい。ドキドキするけど、なんかホッとする。不思議！

「なに？　手ぇ繋ぐの嫌いか？」

「いえっ！　嫌いなんかじゃないです。あの、これって恋人繋ぎだなぁって思ったら、照れちゃって……」

「ああ、そうだな。お前とこうやって手ぇ繋ぐのって、初めてだったな」

「へへ、そうですよ」

「手を握るよりも、股間を握ってもらうのが先になったな？」

「……っ!?　もう！　昴さんはまた、そうやって変態なことを言うんだから……っ！」

「悪い、悪い」

昴さんは握った手を上下に動かして、私の頬にちゅ、ちゅ、と甘えるようなキスをしてくる。

うう、可愛い……

「……今度、手を繋いでどこかに連れて行ってくれるなら、許してあげます」

「ああ、いいよ。どこに行きたい？」

「えぇっと……」

昴さん、忙しいからなぁ……

休みを取ってるところなんて見たことないし、休みを取れたなら疲れて遠出なんてしたくないだろうし。そんな昴さんに負担をかけずに行ける所と言えば……

「近所のコンビニ！　徒歩で！」

「馬鹿、そんなのいつでも行けるだろ」

「だって、昴さん、忙しいんですもん。負担をかけないところと言えば、そこかなーって」

「負担なんてかかるか。俺の体力を舐《な》めるなよ。今度休みが重なる時までに決めておけよ。どこでもいいぞ。お前が決められないなら、俺が強引に決めるからな」

「嫌ですっ！　昴さんに任せたら、絶対意地悪されてクラブとか連れていかれそうですもん……！　リア充オーラにあてられて、再起不能になるっ！」

翌日、燃えカスみたいになった自分を想像して、真っ青になる。そんな私を見て、昴さんは楽しそうに笑う。こっちにとっては笑い事じゃなくて、死活問題なんですけど！

「あ……一花、そろそろイキそ……」

「わ、わわ、どうすれば、いいですか？」

「そのまま、扱《しご》いてて」

　昴さんは繋いでいる手はそのままにして、もう一方の手でティッシュを取って先端に宛《あて》がった。

「……っ……はぁ……」

　苦しげ……というか、切なそうな呼吸になり間もなく、扱《しご》いていた昴さんのアレがドクンドクンと脈打った。

　あ、今、イッた……よね？

「一花……手、止めて……」

「あっ！　はい」

　私が手の動きを止めると、昴さんはティッシュで先を拭き取った。

　射精したあとってすぐに萎《しぼ》むと思ってたけど、昴さんのは大きいままだ。先端の小さな穴には白い液体がまだ少し溜まっている。

　昴さんをイカせてあげられた……。

　思わずにやけてしまったところを、昴さんに見られてしまった。

「なに、にやけてんだよ」

「だって、昴さんをイカせられたのが嬉しくて」

　そう答えると、昴さんが優しく微笑む。

「気持ちよかった。ありがとな」

「んっ……」

昴さんは唇にちゅ、ちゅ、とキスをしながら、私をふたたびベッドに組み敷く。

「じゃあ、今度は俺の番な」

「え？　でも私も、さっきイッたばかりで……」

「もっとイカせたい」

「あっ……」

昴さんは私の脚を開かせ、顔を近付けてくる。そんなに近くで見られるのは恥《は》ずかしい、やっぱり昴さんは意地悪だ。

「また溢れてきてるぞ。ふやけそうなほど濡れてるな？」

「も……っ……恥《は》ずかしいこと、言わないでくださいよ……」

近くで見ないでと言っても、止めてくれるはずはない。せめて少しでも羞恥心《しゅうちしん》を和《やわ》らげようと顔を背《そむ》けた瞬間、敏感な場所に甘い刺激が走った。

「ひぁ……っ!?」

ヌルリとしていて、温かくて、柔らかい。指で愛撫されているんじゃなくて、舌で舐《な》められているのだとすぐにわかった。

「あっ……んんっ……や……ま、待って……昴さん……っ……な、舐《な》めるのは……っ……

だめ……ですっ！」

「気持ちよくないか？」

「……っ……すごく、気持ちい……ですけど、恥《は》ずかしさ……も、すごいから……っ……だ、め……」

「それは、いいことだな」

昂さんはニヤリと笑って、私の恥《は》ずかしい場所に舌を這《は》わせる。

「あっ……い、いいことなんかじゃ……あっ……ぁン……っ……あぁっ……！」

敏感なある一点にヌルヌルとした刺激を次々と与えられ、私は自分の声とは思えないほどいやらしい声を上げた。

壊れてしまったみたいに、身悶《みもだ》えが止まらない。指で弄《いじ》られるのも気持ちよかったけれど、舌で可愛がられるのは、別の気持ちよさがあった。

「……っ……ン……あっ……はぅっ……あっ……あぁっ……んんっ……昂……さっ……ン……やっ……気持ち……いっ」

ふにゃふにゃしていて、温かくて、ヌルヌルしていて、昂さんの熱い息が時折かかると、彼にとんでもない場所を舐《な》められているということを意識させられて、羞恥心《しゅうちしん》が刺激されるのと同時に、興奮してしまう。

敏感な一点をチュッと強く吸われた瞬間、大きな快感が足先から頭の天辺《てっぺん》まで一気に突き抜けて行った。

「あっ……イッちゃ……っ……あっ……あぁ――……っ！」

頭の中が、真っ白だ。

汗がドッと溢れて、身体がすごく怠《だる》い。でも、その怠《だる》さが心地いい。

「一花、指入れるぞ。力入れるなよ？」

「ゆび？」

言葉の意味を理解できないでいると、ヒクヒク収縮を繰り返している膣口に指を宛《あて》がわれて、ようやく理解する。

絶対痛いと思ったのに、異物感があるだけで『辛い！』と思うほどの痛みは感じなかった。

「痛いか？」

「……っ……平気みたい……です」

「そうか。今日からここ、俺のを入れられるように、少しずつ慣らしていくからな。強引にはしないから、安心しろ」

昴さんは根元まで指を入れると、ゆっくりと動かし始めた。

「んっ……ぁっ……ふぁ……っ」

昴さんは意地悪だけど、優しい。

昴さんの、こういうところ……好き。

さっきまでの愛撫と違って、中を弄《いじ》られるのは気持ちいいとは思えない。ただただ違和感があるだけだ。

でも、指を動かされるたびにジュプジュプとエッチな音が聞こえてきて、その音を聞いてると昴さんの指を強く意識させられて、すごく興奮してしまう。

「あ、また溢れてきた。中、気持ちいいか？」

「気持ちよくは……ないんですけども……」

「じゃあ、興奮してる？」

「……っ……そういうこと、聞かないでくださいっ」

「興奮してるのか」

ククッと笑われ、顔が熱くなる。

昴さんを叩きたくても、イッたばかりで手を持ち上げるのさえ億劫《おっくう》だ。私は恥《は》ずかしさを紛らわすかのようにシーツをギュッと握りしめた。

「こっちも一緒に弄《いじ》れば、気持ちいいか？」

「え？　……あっ⁉」

昴さんはふたたび私の脚の間に顔を埋《うず》め、敏感な場所を舌でねっとりとなぞってきた。

「あっ……んんっ……ど、同時……なんて……あっ……」

感じるたびに中が勝手に動いて、昴さんの指をギュウギュウ締め付けてしまう。そのたびに彼の指が中に入っているのだと強く自覚させられ、興奮が増す。

「俺の指、すごい締め付けてるぞ。わかるか？」

敏感なところに熱い息がかかり、ブルッと肌が粟立《あわだ》つ。中に入れられた指をくの字に曲げられると、指の存在をより強く感じる。

「ン……し、仕方ない……じゃないですか。そこ、舐《な》められたら……勝手に締まっちゃ……う……んですよ……」

「悪いとは言ってないだろ？　むしろいいことだろ。お前の中に挿《い》れたら気持ちいいだろうな」

敏感な場所を舌先で弾くように刺激されると、また強い快感が足元から駆け上がってきて、イッてからまだ間もないのに、またイッてしまった。

――それから、一体何回イッたんだろう。

昴さんは私の中を指で弄《いじ》り続けると同時に、胸の先端や恥《は》ずかしい場所を舌で可愛がり続けた。私はそうされるうちに、気が付いたら眠ってしまっていた。

酔ってとんでもない夢を見たのかと思ったけれど、起きて顔を洗いに行くと、先に起きていた昴さんが「おはよう」と言ってキスしてきたので、とんでもない現実だったのだと自覚したのだった。

四着目　初体験

「ん……昴さん……仕事、は……？」

「朝早く起きてやる」

初めて身体に触れられた日から、昴さんは毎日私の身体に触れてくる。

入浴や寝食の時間すら惜しいと言っていたのに、私に触れる時間は惜しみなくたっぷり取ってくれるから、またときめいてしまう。

今日はアトリエに夜食を持って行って、食べ終わった食器を回収したところ、膝の上に乗せられた。

イスに座っている昴さんの上に背中を向けて座らされた私は、うしろから胸や恥《は》ずかしい場所を愛撫されていた。

Tシャツをめくり上げられ、ブラのホックを外されて、カップから零《こぼ》れた胸は、大きな手で形を変えられている。昴さんはショートパンツと下着をずり下ろして、親指で敏感なある一点を刺激しながら、二本の指を私の中に挿入し、ゆっくりと出し入れを繰り返す。

出し入れされるたびに愛液が溢れて、お尻を伝って昴さんのボトムを汚してしまう。

それを言っても、昴さんは構わないという様子で愛撫を続ける。

初めは違和感しかなかったし、二本目の指を入れられた時は痛みもあったのに、今では少し気持ちいいと感じている。

「朝早く……って……ぁ……んんっ……それって、辛くないですか？」

「辛くない。それより、今止めたら、お前は辛いんじゃないか？」

昴さんはクスッと笑い、親指で敏感な粒をプニッと少し強めに押すのと同時に、胸の先端をキュッと抓《つ》まみ上げてきた。

「あっ……！」

不意打ちの快感を受けた私は、思わず大きな嬌声《きょうせい》を上げた。すでに何度かイカせてもらったけれど、またイキたいと思ってしまう。

素直に認めるのは恥《は》ずかしいけれど、無意識のうちに頷《うなず》いていた。

「じゃあ、続行だな」

「……っ……ぁ……っ……んんっ……」

昂さんは中を弄《いじ》りながら、胸の先端と割れ目の間にある敏感な粒を両方可愛がってくる。

「あっあっ……きちゃう……っ……あっ……あぁ——……っ」

足元を彷徨《さまよ》っていた快感が一気に頭の天辺《てっぺん》まで突き抜けていって、身体の力が抜けた私は昴さんにぐったりともたれかかる。

「中、大分解《ほぐ》れてきたな」

「も……しますか？」

初体験は痛いって聞くし、少し怖かった。でも、指を入れられて慣れてきたからか、挿入に対する恐怖がだんだん和《やわ》らいでいる。

もちろん、昴さんのそれが指とは比べ物にならない大きさだっていうのは、わかってるけども。

「いや、今日はしない」

「あ……さっき、一回イッたから……ですか？」

私が一回イカせてもらった後、私も昴さんのを手でイカせたのだ。何度か経験を積んだおかげで、徐々に要領が掴《つか》めてきた。

『いちかは　レベルが　2にあがった。エロが　1ポイントあがった。ぼんのうが　3ポイント　あがった。かんどが　1ポイントあがった』

頭の中で自然とゲーム風のナレーションが流れる。

――私、オタクが染みつきすぎてない!?　いや、わかってはいたけどもっ！

「個人差はあるけど、俺は一回イッても、何回もできる。現にほら」

お尻に硬くなったアレを押し付けられ、顔が熱くなる。

「げ、元気そうですね」

なんて言ったらいいかわからないけど、無言になるのは気まずいから取りあえず思いついたことを言ったけれど、元気そうってなに！　なんか恥《は》ずかしい！

「そうだな。すこぶる元気だ」

自分の失言を拾って使われると、ますます恥《は》ずかしくなる。

「う……えっと、じゃあ、どうして今日は……その、しないんですか？　あ……用意がないから、とか？」

「いや、今度はちゃんと準備してある」

「じゃあ、どうしてですか？」

「どうしても」

どうしてもって、なに！

昴さんは私の中から指を引き抜くと、机に置いてあったティッシュを引き抜いて、濡れた恥《は》ずかしい場所を拭いてくれる。

「ひゃう……っ！」

イッてからまだ間もない身体はすごく敏感になっていて、ティッシュが擦《こす》れる感覚だけでも快感として捉《とら》えてしまう。

昴さんにも感じているのがバレていたようで、ククッと笑われた。

「ティッシュで拭いただけで感じるなんて、エロい奴だな？」

「なっ……!? もう……っ！　昴さんの意地悪！　どうしてそういうことを言うんですかっ！」

「お前の反応が面白いから」

「もーっ！　知りませんっ！　明日の夕食から、一週間ずーっと同じ味の鍋にしてやるっ！」

「嫌がらせのつもりか？」

「その通りです。最大級の嫌がらせですよっ！」

「お前の嫌がらせ、レベル低すぎ」

昴さんは笑いながら私の恥《は》ずかしい場所をティッシュで拭《ぬぐ》い、乱した服を着せ直してくれた。

◆◇◆

翌日、私は休憩室でお昼ご飯のおにぎりを食べながら、スマホでレシピサイトを眺めていた。

「うーん……」

今日の夕ご飯は、なににしよう。一週間ずっと同じ味の鍋というのはもちろん冗談だ。私も同じ味を一週間はさすがに辛いしね。

とはいえ、レシピサイトを見ても、いまいちピンとこない。そういえば昴さんって、なにが好きなんだろう。今まで作ったものはなんでも食べてくれてたから深く考えたことなかったけど、今度聞いてみようかな。

うーん、そうだ。ピンとこない時は、料理のベテランに聞いたほうが早い！　私のオンライン友達には主婦をしている人も多いのだ。

SNSに『初心者でも失敗せずに作れる夕飯のレシピがあったら教えてください（※鍋以外）』と呟いた。そのついでに他の人の呟きもザッと確認する。

歌穂さん、やっぱり呟いてないなぁ～……いや、普段からあんまり呟かない人だけども。こんなに長い間姿を現さないのは初めてだ。まだ、忙しいのかな？

そんなことを考えてから、気持ちを切り替える。昼休みは有限だ。まだやりたいことがある。

レシピサイトを閉じて、転職サイトを開く。ここのところ時間がある時には、こうして転職サイトを眺めているのだ。

アパレルメーカーの商品開発……探してみると、数件見つけることができた。その中には、なんと偶然にも、昴さんの会社、株式会社パルファムもあった。

——受けるとしたら、昴さんの会社がいいな。

それは昴さんが彼氏だからとか、コネで入社できないかな!? みたいな下心からじゃなくて、純粋に昴さんの会社のブランドが好きだから。それにパルファムは大企業だから、一部門の面接に社長が関わることはないだろうしね。

それに昴さんの仕事に対する姿勢はとても尊敬できる。彼が率いる会社ならば、きっと同じく尊敬できる人がたくさんいるに違いない。

家に帰って採用要項をゆっくり見て、それから必要書類を揃えて応募してみよう。忘れないように、いつも寛《くつろ》いでいる時間帯に要項を確認しようと決め、アラームをセットしておく。

転職頑張るタイム、セット完了!

URLをブックマークに登録する。以前なら『へえ、募集してるんだ。まあ、私には絶対無理だろうから、挑戦なんてしないけど』と、すぐにページを消していたと思う。

でも、昴さんと暮らしていく中で心に変化が起きた今の私は違う。

うん、今の私、前の私より好きだ。これも昴さんのおかげだなぁ……

昴さんのことを思い出すと、昨日イチャイチャした時のことまで思い出して、顔がカーッと熱くなる。

そういえば昴さん、昨日どうしてしなかったんだろう。

私の準備も整ってたし、昴さんもできる状態にあったたし、避妊の準備もできてたのに……

あっ！　やっぱり私とはしたくなくなった……とか⁉　でも、どうして？　幻滅されるようなこと、しちゃったっけ？

悶々《もんもん》と考えていると、スマホの画面に新着メッセージの表示が出た。

誰だろう。

画面をタップして開くと、昴さんからだった。

『今日の夕食、外食しよう。仕事が終わったら、連絡くれ。迎えに行く』

デートのお誘い！

舞い上がりそうになったところで、昨日の自分の発言を思い出す。

あ、私が昨日一週間連続で同じ味の鍋にするって言ったから？

慌てて『一週間連続で同じ味の鍋にするって言うのは、冗談ですよ⁉』と送信したら、『知ってる（笑）』と返ってきた。

ということは、鍋が嫌だから外食するんじゃなくて、純粋なデートだ。デートに誘ってくれるってことは、幻滅されてないってことだよね？

嬉しくて胸がいっぱいになり、せっかく持ってきたおにぎりを完食することができなかった。

そして、仕事終わり。昴さんは最初に待ち合わせをしたホテルのレストランに連れていってくれて、フレンチをご馳走してくれた。

――最初、車内でホテルのレストランで食事をすると聞かされた時、こういうところってドレスコードってヤツがあるんじゃないの⁉　と焦《あせ》ったけれど……そこは昴さん！　抜かりがなかった。

車に乗ってまず連れていかれたのは、ホテルから近いデパート。

そこに入っている昴さんがデザインを手掛けるブランド『ローズ・ミラー』で、全身コーディネートしてくれた。ネイビーのシンプルな無地の膝丈半袖《はんそで》ワンピースに、アクセサリーは服がシンプルな分、大胆にしようとのことで、大きめのカラフルなビジューピアスを。それからネックレスもペンダントトップがピアスとお揃いのデザインのものを付けた。

ゴールドのクラッチバッグと、パンプスは赤の八センチヒールだ。コスプレでは高いヒールの靴をよく履くけど、普段だとこんなに高いヒールを履くことはまったくないから、すごく新鮮。

せっかくのデートなのに、また今日のお昼の時みたいに舞い上がって、食事が喉を通らなかったらどうしよう！　雰囲気悪くしちゃわないかな？　なんて心配してたけれど、そんな心配は杞憂《きゆう》に終わった。

どれもすごく美味《おい》しくて、少しも残すことなく完食です！

「いい食べっぷりだったな」

「だって、美味《おい》しかったんですもん。あんな美味《おい》しいお肉、初めて食べましたよ。あのお肉の味を思い出すだけで、明日からご飯三杯は食べられそうです。あ、ちなみにこれ、どれだけ美味《おい》しかったかの比喩《ひゆ》じゃなくて、ガチですから」

「マジか。てっきり比喩《ひゆ》だと思った」

「ガチです！　ガチ！」

レストランから出て、恋人繋ぎをしながら、エレベーターに向かって廊下を歩く。

『……今度、手を繋いでどこかに連れていってくれるなら、許してあげます』

あの時した約束が、まさかこんなに早く実現するなんて思わなかったな。

「ふふ」

「なに、笑ってんだよ」

「だって……うひゃっ!?」

幸せを噛み締めながら歩いていると、慣れないヒールのせいでよろけてしまった。でも昴さんがすぐに支えてくれたおかげで、無様《ぶざま》に転ぶハプニングは避けることができた。

「足、捻《ひね》ってないか？」

「だ、大丈夫です。ビックリした」

「ワインで酔ったか？」

せっかくのフレンチだし、またワインに挑戦してみたのだ。するとこの前たくさん呑んで慣れたせいか、前より少しは美味《おい》しく感じられた。

すごく美味《おい》しい！　とは感じなかったけれど、不味《まず》く感じることもなく、無理せず呑めた。最初は不味《まず》くて仕方がなかったのに、不思議なものだ。

「脚をもつれさせるほど酔ってませんよ。高いヒールを履き慣れてなくて、よろけただけです」

「ああ、そういえばお前、普段あんまり高いヒール履いてないもんな。手ぇ繋ぐんじゃなくて、腕組んだほうがよかったな。ほら、俺の腕掴《つか》めよ」

「あ、はい」

せっかくの恋人繋ぎ……離してしまうのが惜しいなぁと思ったけれど、腕を組むのもこれはまたこれでなんかいい。幸せだ。

初めてこのホテルのバーで『オタクをバラすぞ！』って脅《おど》された時は、昴さんのこと、最悪な奴だ！　って思ってたのに、まさか恋人になって、食事デートしにまたこのホテルに来るなんて、人生なにが起きるかわからないものだなぁ……

なんてぼんやり考えながらエレベーターに乗り込むと、昴さんがロビーのある一階じゃなくて、三十一階を押した。

「ふふふ、昴さんこそ、酔ってるんじゃないですか？　一階じゃなくて、三十一階押してますよ？　下の階じゃなくて、上の階行っちゃいますから！」

「ああ、いいんだよ。上の階に行きたいからな」

鬼の首を取ったかのように笑いながら指摘したら、昴さんはジャケットの胸ポケットからカードを取り出した。

「え、なんですか？　トレーディングカード？　昴さん、カードゲームやるんですか？　見かけによらないですね」

「このタイミングでトレーディングカード出すのはおかしいだろ。これはカードキーだっての」

「カードキーって、どこの？」

「この流れで出したんだから、ここのホテルのに決まってるだろ」

「あっ！　そ、そうですよね！」

あ、あれ？　もしかして、この流れって……

「えっと、もしかして、いや、間違えてたら、すみません！　これって、ホテルにお泊まりする流れ……ですか？」

間違えていたらかなり恥《は》ずかしいので、恐る恐るになってしまった。でも、この流れは、ひょっとして……というか、確実にそうじゃないかな!?

「ああ、そうだよ。お前、明日休みだったよな？」

やっぱり――……！

「は、はい、だから、問題はまったくないんですけど……でも、今日は記念日とかじゃないですよね？　一緒に住んでないならまだしも、一緒に住んでるのに、なんにもない日にホテルにお泊まりってどうして？」

三十一階に到着して、エレベーターの扉が開く。昴さんが足を進めると同時に、腕を組んでいる私も歩き出す。

「いや、記念日」

「え、そうなんですか？　あっ！　昴さん、も、もしかして、今日、誕生日……でした？」

うっかりしてた。私、昴さんの誕生日を知らない。

今日だとしたら、自分の誕生日なのに私に服を買ってくれて、食事までおごってくれたことになる。

か、可哀想！　そしてなにも知らずにおごってもらった自分をはっ倒したい！

「はは、スゲー顔だな。焦《あせ》んなくて大丈夫だ。誕生日はずっと先だから」

じゃあ、なんの記念日？

ひときわ豪華なドアの前で足を止めた昴さんは、カードキーを差し込んだ。ドアを開くと、豪華な内装が目に飛び込んでくる。

泊まるって、こんな豪華な部屋……⁉

昴さんの家のリビングと同じくらい大きな部屋には、大きなソファとテーブル、そしてダイニングテーブルまであり、その近くにちょっとした料理ができるようなキッチンもあって、そこにはポーションを使用型のコーヒーマシンがあり、隣には様々なフレーバーのポーションも用意されていた。

部屋を囲むように連なった大きな窓からは、都心の夜景が一望できる。しかもこれだけ広いのに、まだ隣にも部屋があるようだ。

ここにはベッドがないから、きっとベッドルームなの……かな？

「こ、こ、こんな豪華な部屋を取ったんですか⁉」

「ああ」

サラリと答えられた。

一泊いくらしたのか聞きそうになったけどやめた。だってこの前のワインみたいに、絶対とんでもない金額だもん！　知るのが怖い！

「こんなすごい部屋に泊まるほどの記念日って、なんの記念日ですか？」

「一花の処女をもらう記念日」

「……へっ⁉」

「嫌か？」

昴さんは驚いて振り返った私を抱き寄せると、耳にチュッとキスしてくる。

自分は耳が弱いくせに、私の耳には遠慮なくキスしてくるんだから……まあ、全然嫌じゃないけども。

「んっ……嫌じゃないですよ。むしろ昨日もあのままOKでしたし……どうして昨日途中で止めちゃったんですか？」

「初めてなんだから、お前の思い出に残るような場所がいいと思って我慢した」

「思い出に残るような場所……あっ！　だからわざわざこんなすごい部屋を取ったんですか⁉　私の初めてのためだけにっ⁉」

「そういうこと」

えええええええええ！

予想外過ぎる。昴さんがそんなに初めてを気にしてくれているなんて……！

目を見開いてなにも言えずにいると、昴さんが私の頬をプニッと抓《つ》まんだ。

「気にくわなかったか？」

「まさか！　でも、昴さんがそんな乙女チックなことを考えているとは思わなくて、ビックリしました。ふ、ふふ……あはっ……」

あまりにもミスマッチ過ぎて笑ってしまうと、昴さんが気恥《きは》ずかしそうに頬を染めるのがわかった。

初めは『処女？　めんどくせーな』なんて言いそうなイメージだったけど、実際の昴さんは最初のイメージとは真逆なことが多い。

そっか、私が初めてだから、色々と気遣ってくれたんだ。嬉しいな。

「乙女チックで悪かったな」

「だって……ふふっ……あはっ……」

笑っていると、涙がポロッと零《こぼ》れた。

あ、あれ？

涙が次から次へと溢れる。笑いすぎて出た涙じゃない。昴さんの気持ちを受けて胸が熱くて……ああ、私、昴さんの自分に対する気持ちが嬉しくて、感動してるんだ。

「泣くほど笑うなっての」

「ち、違いますよ。これは感動の涙ですっ！」

「お前でも感動して泣くことがあるのか？」

「ありますよっ！　もう、人をなんだと思ってるんですかっ！」

「お互い様だろ？」

確かに……むしろ言葉に出していないだけで、私のほうが明らかに酷《ひど》いこと考えてるかも。

「あの、こんな素敵な部屋を取ってもらってなんですけど……私、昴さんとなら、初エッチ……どんな場所でもいいんです」

「そうなのか？」

「場所よりも、相手が重要というか……昴さんとなら、自宅でも、車でも、野外でもいいですよ。…………いや、野外は嫌かも。野外以外なら、どこでもいいです」

「覆《くつがえ》すの早すぎるだろ。しかも結局どこでもよくないんじゃねーか」

「だ、だって～……」

「お前って、本当に面白いよな。お前といると、笑いが尽きない」

笑っている昴さんを見ていると、キュンとしてしまう。

「昴さん、ちょっと屈《かが》んでください」

「ん？」

昴さんは私の願いを素直に聞いて、屈《かが》んでくれた。私は近付いた彼の綺麗《きれい》な顔を手で横向きにさせて、頬にチュッとキスする。

「どんな場所でもいいって言いましたけど、ここに連れてきてくれたこと、ご覧の通り、泣いちゃうぐらい嬉しいです。ありがとうございます。あの、私の初めてでよければ、どうぞもらってやってください」

は、恥《は》ずかしい〜……！

自分で言っておきながらだけど、なんてセリフ！

気恥《きは》ずかしくて顔を熱くさせていると、昴さんがククッと小さく笑う。

「遠慮なくいただく。……つーか、こういう時は、頬じゃなくて、唇にキスだろ？」

「す、すみません。なんか照れちゃって」

「ほれ、やり直し」

昴さんは私が横にした顔を真正面に戻し、唇を指差す。

「ええ〜……身構えられると、余計照れてやりにくいんですけど」

「文句言うな」

自分から唇にキスするのって、初めて……

「うう……じゃあ、目、瞑《つむ》ってください」

「ん」

すごい音で高鳴る胸を手で押さえてから、昴さんが目を瞑《つむ》ったのを確認して、両頬を手で包み込んだ。

本当に、綺麗《きれい》な顔だな～……。

最初はタイガーアイ様にそっくりだと思ってドキドキしたけど、今ではタイガーアイ様を見ると、昴さんにそっくりだなぁと思ってドキドキするようになってしまった。

あー……照れるし、緊張する。……えいっ！

勇気を出して、昴さんの唇にチュッとキスする。すぐに唇を離して俯《うつむ》くと、昴さんが意地悪な顔で笑う。

「照れすぎだろ」

「し、仕方ないじゃないですか。照れくさいものは、照れくさいんですよ」

「つーか、足りない。なんでそんな軽いキスなんだよ」

「無茶言わないでくださいよっ！　経験値が足りないんですっ！　レベル１のまま、魔王と戦うようなものですよ！　即死しちゃいますよ」

「誰が魔王だ。……もっとキスさせろよ」

昴さんは私の顎《あご》を指で上げて、唇を重ねてくる。あっという間に舌を絡められ、深いキスになった。

「んぅ……っ」

巧みなキスを受けるとすぐにエッチな気分スイッチが入ってしまい、お腹の奥が熱くなる。膣口がヒクヒク疼《うず》き出して、愛液が溢れ出す。

魔王のキス、恐るべし……！

昴さんはすっかり力の入らなくなった私を横抱きにすると、部屋の中を進んでいく。

「……っ……腰、痛めますよ？」

「痛めたら、お前が上な」

「上？」

「騎乗位ってこと。お前が上になって、腰を振る体位で……って、エロ同人マスターの一花なら説明しなくてもよさそうだな」

「なっ……だれがエロ同人マスターですか！」

「知らなかったか？」

「いや、知ってましたけどもっ！」

「やっぱりエロ同人マスターだな」

「もぉおお！」

昴さんの身体をバシバシ叩いていると、パンプスが脱げて床に落ちた。

「あ、脱げちゃいました」

「まるでシンデレラだな。十二時になっても帰さないけど」

「昴さんが王子なら、逃げるシンデレラを意地でも追いかけてその場で捕まえそうですよね」

「お前がシンデレラなら、推しキャラのグッズでも見せたら、変身の魔法が解けるってわかっていても、戻ってきそうだよな」

お互い顔を見合わせて笑ってしまう。

「昴さんが『推しキャラ』って単語を知っていることに驚きました」

「そうか？　……あー……お前に影響されたのかもな？」

広い部屋の隣はやっぱりベッドルームだったみたいで、大きなダブルベッド？　いや、クイーン……キング？　とにかくとんでもなく大きなベッドが、広い部屋にドンと置いてある。

間接照明が淡い暖色系の光でベッドを照らし出していて、昴さんと一緒じゃなかったら『オシャレ～！』という感想を抱くところだけれど、彼と一緒だと『なんかエロい！』という感想になってしまう。

こちらの部屋も大きな窓があって、夜景が一望できる。

す、すごい。

こんな立派なベッドルーム、漫画やアニメとかの二次元では何度か見たことがあるけど、三次元で見る日が来るとは……！

感動しているとベッドの上に下ろされて、残っているほうのパンプスを脱がされた。

昴さんはジャケットを脱いでベッドの近くにある椅子へ無造作にかけると、ネクタイを緩める。

　昂さんがスーツを着ている姿は何度か見たことがあるけど、脱いでいくのを見るのは初めてだ。前に瑞樹と男性の萌え仕草について雑談してた時、ネクタイを緩める姿にキュンとするって言ってたのを思い出した。その時は『ふーん？』って感じで、いまいちピンとこなかったけど、瑞樹ごめん、今ようやくわかった……！　これはキュンとする。瑞樹、私も同感だよ！

　食い入るように見ていたら、私の視線に気が付いた昂さんがクスッと笑う。

「ジッと見てどうした？」

「い、いえ、なんでもないです」

　ネクタイを外す仕草に萌えてました……とは、恥《は》ずかしくて言えるわけもなく、両手を左右に振って笑い、サッと視線を逸らす。

「お前のことだから、また面白いことでも考えてたんだろ」

「面白いことってなんですかっ！　こんな時にそんなこと考えるわけないじゃないですか……ぁっ……んっ」

　昂さんはそんな私の隣に座ると、耳や頬にキスしながら、背中にあるファスナーをゆっくりと下ろしていく。

「あ……昂さん、待ってください」

「なに？」

昴さんは私の首筋にキスしながら、背中のファスナーを完全に開けて、ブラのホックに手をかける。

「先にお風呂……入りたいんですけど」

「終わったあとに入ればいいだろ？」

ブラのホックを外され、胸元の締め付けが緩くなった。これ以上触れられたら、流されてしまいそうだと、手を交差させてワンピースの上から胸を隠す。

「嫌ですよ。今日は結構暑かったから、汗かいてるし……」

すると昴さんの手がワンピースの裾に潜《もぐ》り込んできて、ストッキング越しに太腿《ふともも》に触れてくる。

「ひゃっ」

「全然ベタベタしてないけど？」

「た、確かめないでくださいよ。気になるんですっ！　恥《は》ずかしいんですっ！」

「んじゃ、入ってからにするか」

「はい！」

よかった～！　昴さんは優しいけど意地悪だから、お風呂入らせてくれないかな？　って思ってたけど、無事入ってからすることができそう。

「せっかくだし、バスタブに入って、ゆっくりするか。夜は長いしな」

「わーっ！　いいですね。こんな高級なホテルのバスルームでお風呂なんて、滅多にないですもん。私、お湯溜めてきますね。溜まったら、昴さんお先にどうぞ」

初体験は緊張するけど、テンション上がってきた～！

足元にあったルームシューズを履いて立ち上がると、昴さんがニヤリと笑う。

「なに、言ってんだよ。二人で入るに決まってるだろ」

「……へ!?　い、嫌ですよっ！　二人でなんて、そんな……エロ同人じゃあるまいし！」

「お前、なんでもエロ同人に結び付けるなよ。エロいことするとは言ってないだろ。せっかくなんだし、別々で入るより、二人で入るほうが楽しいだろ？」

「楽しくないですよっ！　恥《は》ずかしいだけです！」

「別々に入るっていうなら、この場で襲うけど？」

昴さんは袖《そで》のボタンを外しながら、ニヤリと笑う。

「う……」

卑怯《ひきょう》～！　やっぱり昴さんは意地悪だ。

「どうする？」

「わ、わかりましたよぉ……」

大理石で作られた広いバスルームはとても豪華で、それだけでなくアメニティも贅沢《ぜいたく》だった。有名ブランドのバスグッズや化粧品が置いてある。しかも一種類じゃない。三種類だ。

窓には薔薇《ばら》が飾られていて、バスルームからも夜景が見えるようになっていた。朝に入ったら、窓から青空が見えて綺麗《きれい》なんだろうなぁ……

浴槽はジェットバスにもなる上に、お湯の中が淡い光で照らされるようになっている。ゲームでこういうの見たことある。いや、正確に言うと、バスタブじゃなくて、泉だけど。淡い光に包まれた泉に浸かると、体力と魔力が復活するのだ。

こんな時にオタクなことを考えるなと言われそうだけど、そうでもして気を紛らわさないと、羞恥心《しゅうちしん》に押しつぶされそうだった。

装備ゼロのまま、昴さんとお風呂だなんて……！

エッチなことをする時も裸だけど、そういう気分じゃない時に裸って、なんか……エッチする時以上に恥《は》ずかしい気がする。

「えっ！　絶対嫌ですよ！」

「絶対ってなんだ。絶対って」

「だって、恥《は》ずかしいじゃないですか。お互いを……あ、洗い合うなんて……」

「ふぅん。洗い合うなんて一言も言ってないけど？　エロいことばっか考えてるから恥《は》ずかしいんだろ」

「エロいことなんて、少ししか考えてないですよっ！」

「考えてることは認めるのかよ。ほら、イスに座って大人しくしてろ。髪、洗ってやるから」

昴さんは笑いながら私を座らせると、目を瞑《つむ》るように言って、シャワーで髪に丁寧にお湯をかける。

「あのー……せめて身体にタオル巻いていいですか？　温泉番組みたいに、クルクルーって」

「楽しくないから、却下。シャンプー三種類あるけど、どれがいい？」

「ううう……どれでもいいですよっ！」

「じゃあ、これにしてみるか」

目を瞑《つむ》っているからわからないけれど、シャンプーボトルをプッシュする音が聞こえてくる。

ん？　あれ？　あれー……？

すごく気持ちいい。美容室でシャンプーをしてもらうよりも気持ちいい。大きな手が頭皮をしっかりと包み込んでくれて、指先から与えられる刺激と力加減が絶妙……！

「あ～……」

「どうした?」

「すっごい気持ちいいです。昴さん、シャンプー上手ですねー……」

あ、まさか、他の女の人にやってあげたことがあって、手慣れてるとか……!? 昴さん、リア充だからあり得る……!

勝手に想像して、モヤモヤしてしまう。

「そうか？ 俺、アンナのシャンプー係だったから、慣れてるのかもな」

や、やっぱり、元カノ～……!

「そぉ～……ですか。彼女のこと、毎日シャンプーしてあげてたんですか？ ふぅん……優しいですね」

なんだか感じの悪い声のトーンになってしまった。でも、こんな時に元カノの話をするなんて、ちょっとどうかと思う。

……いや、私が嫉妬《しっと》深いのかも？ 他の人はどうなんだろう。

「彼女じゃねーよ。アンナは俺が小さい時に飼ってた犬だ。ゴールデンレトリバーで穴掘りが好きだったからいつも泥だらけでさ。しょっちゅう洗ってやってた」

「犬っ!?」

「なんだよ。元カノかと思って、嫉妬《しっと》したのか？」

「……っ……し、してません」

動揺で声が裏返ってしまうと、昴さんがククッと笑う。

「声、裏返ってるぞ」

「うぅ……」

「ふーん、嫉妬《しっと》したのか。ふーん？」

目を閉じて耳の感覚が研《と》ぎ澄まされているからか、声のトーンで昴さんの気持ちがなんとなくわかる。どこか嬉しそうな声だ。

「な、なんか嬉しそうじゃないです？」

「嬉しいからな」

嬉しいんだ……！　嫉妬《しっと》するなんて鬱陶《うっとう》しがられるんじゃないかなぁって思ってたから、なんだか意外。

「嫉妬《しっと》するってことは、お前が俺のことをスゲー好きってことだろ？」

「う……それは……」

本当にその通りなんだけど、素直に認めるのは恥《は》ずかしい。でも、違う！　なんて、嘘でも言いたくないし……

「違うか？」

「……違ってたら、一緒にお風呂になんて入りませんよっ！」

考えた末にできるだけ恥《は》ずかしくない答えを口にしたけれど、やっぱり恥《は》ずかしい。

目を閉じていても、ニヤニヤしているんだろうなっていうのがわかる声のトーンだった。

うううう〜……！

恥《は》ずかしくて、バタバタ手足を動かしたくなる。

昴さんは私の髪をシャワーでしっかりと洗い流して、トリートメントまでしてくれた。トリートメント剤をなじませる間の時間、今度は私が昴さんの髪を洗ってあげることにする。

「はい、交代です。座ってください」

「ん。……あ、真正面から洗って」

「え、どうしてですか？　俺の背後に回るな的な？　意外に警戒心強いですね。今度から昴さんのこと、スナイパーって呼んでいいですか？」

「誰がスナイパーだ。いや、真正面のほうが視覚的に楽しいんじゃないかと思っただけ。洗うたびに胸が揺れそうで」

「な、なに言ってんですか！　というか、どうせ目を瞑《つむ》るんだから、見えませんよ。はい、うしろから洗いますよ。シャンプーどれにします？」

「どれでもいい」

「ふーん？」

昴さんの髪をお湯でしっかりと濡らして、私が洗ってもらったのと同じ匂いのシャンプーを見極めて手の平に出して泡立てる。

えへ、お揃いの香り。

昴さんのマンションには自分用のバスセットを実家から持ってきて置いてあるから、別々のものを使っている。だからお揃いは初めて。

「なに、にやけてんだよ」

「えっ」

目の前にある鏡越しに目が合った。

「ちょっ……！　目、開けないでくださいよっ！　わざとシャンプー入れちゃいますからね⁉」

「はいはい」

昴さんが目を瞑《つむ》ったのを確かめ、髪をシャンプーで泡立てる。

あ、なんか昴さんの髪って、可愛い感触……

まさか私に、男の人の髪を洗う日が訪れるとは……

「……お前、手先は器用なのに、こういうのは不器用だな」

「なんですか？　洗い方が下手だって言いたいんですか？」

「まあ、簡単に言えばそうだな」

「もーっ！　いちいちそういうこと言わないでくださいよっ！　意地悪っ！」

わざと力強く泡を飛ばすように洗うと、昴さんが楽しそうに笑う。

「でも、なんかスゲーいい。毎日洗ってもらいたいぐらいだ」

下手だけど、スゲーいいって、どういうこと？

意味はイマイチわからなかったけれど、昴さんが私にシャンプーされることを気に入ってくれているのだけはわかった。

「わ、私の下手なシャンプーでよければ、毎日でもしてあげますよ。ただし、服は着させてもらいますけどねっ！」

「いいよ。わざと濡らして、脱がすように仕向けるから」

「ちょっ……それは反則ですよ！」

男の人の髪って、短いからあっという間に洗い上がる。シャワーで泡を落とす時間もあっという間だ。

私にしてくれたように、昴さんにもトリートメントをしようかと思ったけれど、それは断られてしまった。

昴さんはふたたび私を座らせ、トリートメントを落としてくれた。その間にクレンジングと洗顔をして、メイクを落とす。

いつも家ではスッピンだし、恋愛感情を抱く前から見せていたので、その辺りはあまり抵抗がなかった。もし最初から恋愛感情を抱いていたとしたら、きっと抵抗があったに違いない。

「じゃあ、次は身体な。今度はこっち向いて座れよ」

昴さんはタオルを手に取り、ボディソープを垂《た》らして泡立てる。

「ほ、本当に洗うんですか？」

「ここまで来て悪あがきすんなよ」

「ううう～……」

覚悟を決めてジッとしていると、泡立てたタオルが首筋を滑った。

「あひゃっ!?」

「なに、変な声出してんだよ」

「昴さん、ヤバイです。人に洗ってもらうのって、くすぐったい……！」

「そういえばお前、敏感なんだったな」

昴さんはお構いなしと言った様子で、私の身体を洗い上げていく。首筋から鎖骨《さこつ》、両腕を洗ってから、タオルは胸へ向かってくる。

恥《は》ずかしいし、くすぐったいし、どうしたらいいかわからない。

「や……やっぱり、無理……っ……くすぐったいです」

「タオルだと、余計刺激があってくすぐったいのかもな。じゃあ、こうするか。一花、立って」

「え？　はい……」

こうするかって、どうするの？

昴さんはタオルを洗面器の中に入れてしまう。別のタオルを使うってこと？　という
か、なんで私立たされたの？

すると昴さんはボディソープを手に取り、立ち上がって自身の身体に塗り始めた。

「えぇっと、昴さん？　どうするんですか？」

「こうする」

昴さんは私を抱き寄せてくる。

「ちょ、ちょっと、昴さん……っ⁉　ぁっ……」

驚いて身をよじらせると、昴さんの身体とヌルリと擦《こす》れた。

「これならタオルも使わないし、お互い洗えていいだろ？」

「い、いいわけないじゃないですかっ！　……っ……ン……」

少しでも動くと昴さんの身体と胸が擦《こす》れて、さっきとは違う別のくすぐったさが襲っ
てくる。

こ、これは、まずい……なんか、エッチな気分になってきちゃう。

昴さんの手が背中に伸びてきて、両手でヌルヌル撫《な》でてきた。

「や……っ……んんっ……」

「くすぐったいか？」

「……っ……くすぐったい……ですよぉ……っ」

昴さんの胸板と擦《こす》れている胸の先端がツンと立ち上がり、割れ目の間が潤《うる》み出すのを感じる。

うう、感じちゃダメ～……！

「んっ……んんっ……」

すると、下腹部になにか硬いモノが当たっているのに気付く。

あれ？　これって、もしかして……もしかしなくても？

「……昴さん、その……ですね。ご立派なものが、当たってるんですけども……」

「お前がエロい声で喘《あえ》ぐから勃った」

「エロくないですっ！　くすぐったいから声が出るだけで……昴さんがエロいから、そう感じるんですよっ！」

はい、大嘘です！　感じて、変な声が出ちゃいました。でも、そんなこと素直に言えるはずがない。

「ふぅん？　でも、さっきからお前のエロく勃った乳首が、俺の身体に当たってるんだけど？」

そ、そうだった。バレてないはずがなかった。だって密着してるんだもん！　私が昴さんのアレが勃ってるのに気付くってことは、私の身体の変化にも気付かれてしまうわけで……

「これは……その、寒いからですっ！　もう、各自で洗いましょうよぉ……っ！」

ボディソープの滑りを借りて身体を回転させ、昴さんの腕から逃れて背中を向ける。

「浴室も温まってるし、身体も温かいどころか、熱かったけど？」

昴さんが迫ってくるから、また捕まらないように前へ進むと、昴さんも空《あ》いた距離を詰めるように進んでくるものだから、あっという間に壁際に追い詰められた。

「あっ……ちょ、ちょっと、こっち来ないでくださいよっ！」

「観念して、自分も興奮してるって認めろよ」

昴さんは意地悪な笑みを浮かべて、うしろから私を抱きしめてくる。彼の大きな手が私の胸を包み、揉《も》むとヌルヌル滑って胸の先端が刺激され、ますます尖《とが》っていくのを感じた。

「も……意地悪っ……！」

「こっち向けよ」

昴さんは胸の先端を指と指の間で挟み、上下に揺さぶるように刺激してくる。

「んっ……や、……嫌ですよ……！　また、意地悪されますもん」

「しないって。キスしたい」

「……っ……」

少し甘えたような声が、耳元をくすぐる。

「ン……っ」

か、可愛い！　こんなの反則……っ！

顔だけを昴さんのほうに向けようとしたら、身体ごとこちらを向くように言われ、私は素直に前を向いた。

「意外と素直にこっち向いたな？」

「うるさいですよ。……っ……ん……」

甘えたような声にときめいたなんて言えない……！

深いキスをしている間も昴さんは私の胸を揉《も》み続け、私の脚の間に太腿《ふともも》をねじ込んでくる。

昴さんは私の割れ目の間に太腿《ふともも》を宛《あて》がうと、ゆっくりと前後に動かし始めた。それと同時にお尻に手を伸ばして、ヌルリヌルリと揉《も》んでくる。

「……っ……ン……ぅ……」

深いキスをしながら、胸にお尻、それから恥《は》ずかしいところを同時に可愛がられ、身体が熱くなった。

「ぁ……んんっ……エロいことは……しないって、言った……のにっ……」

「エロいことはしないって言ったけど、イチャイチャしないとは言ってないだろ。それにお互いの身体を使って洗ってるだけなんだから、エロくないだろ」

「こ、こんなエロい洗い方がありますかっ！　あっ……んんっ……」

「文句言うわりに、しっかり感じてるな？」

「……っ……もぉ……！　昴さんが、変なとこばっかり触る……からっ……」

「変なとこってどこ？」

「胸とか……お尻とか、それから、その……」

お尻の肉を揉《も》んでいた手が割れ目の間に伸びてきて、泡まみれになった敏感な粒を指先で撫《な》でてくる。

「ここ？」

「あんっ……！　やっ……そ、そこ……そんなに触ったら……ダメ……あっ……や……んんっ……！」

バスルームって、すごく声が響く……！

ただでさえ喘《あえ》ぎ声って恥《は》ずかしいのに、余計恥《は》ずかしくなる。

「一花、俺のも扱《しご》いて」

「……っ……あ、洗うんじゃないんですかっ？」

「あ、間違えた。洗って」

「もぉ……っ！　やっぱりエロいことするんじゃないですかっ！　……あ……ああっ……！」

——お互いのを触り合っていると、興奮も手伝って、私はあっという間にイッてしまった。昴さんがイク頃にまたイッてしまってのぼせそうになり、ゆっくり浸かるはずだったバスタブには五分しか浸かれなかった。

何度もイッた私は、心地良い気怠《けだる》さに襲われ、海を漂うクラゲのようにフニャフニャになって、座っているのがやっとだった。

昴さんはそんな私をベッドに座らせると、髪をドライヤーで丁寧に乾かしてくれる。

気持ちいいー……

「一花、スマホ鳴ってる」

彼が昔飼っていたワンコちゃんも、すっごく幸せだっただろうなぁ……

「一花、聞いてるか？」

「んぁ？　なんれすか？」

ドライヤーのスイッチを切った昴さんは、立ち上がって私のカバンを持ってきてくれた。

「スマホ、大音量で鳴り続けてるぞ。電話にしては長いし、アラームじゃないか？」

「アラーム？　なんでこんな中途半端な時間に……あっ！」

そうだ。転職頑張るタイムとしてセットしたんだった。

アラームをオフにし、スマホをカバンの中にしまう。

「アニメにしては早い時間帯だな」

「アニメのためにかけたアラームじゃないですよ。その、転職活動をボチボチ開始しておりまして～……って言っても、受けようと思ってるところが決まったみたいな段階でして。募集要項を熟読したり、必要書類を用意したりする時間にしようと思って、忘れないようにアラームをかけたんです」

「お、そうだったのか。どこ受けるんだよ」

内緒にしたい～……！

俺の会社だから、受けたのか？　なんて思われたら、恥《は》ずかしい。確かに昴さんが社長ならちゃんとした会社だし安心っていう面もあって決めたけど、『コネが使えそう！』とか『好きな人の会社で働きたいの。うふ』みたいな意味に取られたら嫌だ。

いや、でも、もし受かったとしたら、いつかはバレる。落ちたとしても、応募したって履歴は残るわけだし……えーいっ！

「……パルファムです」

気恥《きは》ずかしくて、顔を見ることができない。

「うちの会社？　マジか」

明るい声のトーンだった。呆《あき》れたりしている感じはない……というか、むしろ喜んでいるような印象だ。

いや、私がそうあって欲しいと考えているから、そう感じるのかも？

「あ、あの、下心があって、パルファムにしたんじゃないですよっ？」

誤解されたくなくて、黙っていられなくなった私は、なにも聞かれていないのに弁解を始めてしまう。

「下心って？」

「なんていうかその、昴さんが社長だからコネで入社できそう！　とか、昴さんと少しでも長い時間一緒にいたい！　みたいな乙女チックな感じじゃなくて、私は純粋にパルファムの服が好きで、好きなブランドがたくさんある会社で働けたら楽しそうだなぁって……本当に下心とかはなにもなくて……っ！」

なんか、弁解すればするほど怪しい？

「あの、本当なんです。誤解しないでくださいねっ!?」

あああ、なんか怪しい！

恐る恐る昴さんのほうを見ると、彼はククッと笑い出す。

え、なんの笑い？　こいつ、必死になって弁解してるけど、下心ありありだろ！　みたいな？

「そんな必死にならなくても、お前がそんな下心持ってるだなんて思ってないって。俺はお前のそういうとこが好きなんだしな」

「……っ」

不意打ちの告白を受け、顔が熱くなる。

下心を抱くような奴じゃないって、思ってくれてたんだ。

嬉しくてにやけてしまいそうになる口元を押さえると、昴さんがニヤリと意地悪な笑みを浮かべる。

「普段は俺、各部の責任者に任せて面接には同席しないんだけど、今回は特別に同席してお前の緊張する姿でも楽しむかな」

「はっ⁉　そんなの嫌ですよっ！　普段同席しない昴さんがそんなことしたら怪しいじゃないですか！　それになにより、昴さんが目の前にいたら、噴き出しちゃうから絶対にダメです！」

「まあ、同席するっていうのは冗談だけど、俺の顔はどんだけ面白いんだよ」

「面白くはないですけど、真面目な場面に知り合いがいたら、パニック通り越して笑っちゃいますよ。というか冗談⁉　もう、昴さんっ！」

抗議の意味を込めて名前を呼ぶと、組み敷かれてバスローブの前を開かれ、肌を露《あら》わにさせられた。

さっきまでお互い裸だったのに、一度布で身体を隠すと、また晒《さら》すのを恥《は》ずかしく感じる。

「あっ……昴さんの髪は？」

「俺は短いから、自然乾燥で大丈夫」

と言い終わったところで、私の肌の上に髪から垂《た》れた水滴がポタポタと落っこちてくる。

「冷たっ！　落ちてきてますよっ！　全然大丈夫じゃないですよ。ほら、ちゃんと拭かないと、風邪引きますよ。ていうか、いつもはちゃんとドライヤー使ってるじゃないですか。洗面所からドライヤーの音、聞こえてきますよ？」

昴さんの肩にかかっていたタオルで彼の髪を拭いてあげると、そのまま唇を奪われた。

「んっ……んぅ……ちょ……っ……昴……さんっ……拭く邪魔、したらダメ……ですよ」

「もうさんざん待ったんだから、髪なんて悠長に乾かしてる余裕あるか。早く抱かせろよ」

昴さんは眉間に皺《しわ》を寄せて、顔を背《そむ》けてキスから逃れようとした私をジトリと不服そうに睨む。

そんなに私とエッチしたいって思ってくれてるの⁉

密かにときめいているとふたたび唇を奪われ、深いキスをおみまいされた。

「……っ……ン……んん……」

深いキスに夢中になっていると、昴さんの手が胸に伸びてくる。

撫《な》でる動作を加えながら揉《も》まれているうちに、あっという間に胸の先端が尖《とが》った。まるで昴さんにたくさん触って欲しいって、おねだりしてるみたいだ。

昴さんはキスをしながら右手で私の胸の先端をクリクリと抓《つ》まみ転がし、左手で自身のバスローブの紐を解《ほど》いた。唇を離すと同時に目を開けたところ、彼と目が合う。

気恥《きは》ずかしくて視線を逸らすと、昴さんはクク ッと笑いながら身体を起こし、バスローブを脱いでふたたび私の上に覆《おお》いかぶさってくる。

「あっ……」

身体に昴さんの硬くなったモノが当たって、思わず声を漏らしてしまった。

さっき一回出してるのに、もうすごく硬くなってる……

「どうかしたか？」

「や……な、なんでもないです……ぁっ……」

昴さんは硬くなった胸の先端を唇と舌で弄《いじ》り始める。

「んっ……ぁっ……はんっ……んんっ……ぁっ……んんっ……！」

ねっとりと舐《な》められて胸の先端は硬くなっていくのに、頭の中はとろけていくみたいだ。時折根元から少し強めに吸われ、腰がガクガク震えてしまう。

割れ目の間にある敏感な粒が、切なく疼《うず》くのを感じる。さっきもさんざん触ってもらったにもかかわらず、また触って欲しくて堪らない。

思わずお尻をモジモジ動かしてしまったら、昴さんの指が割れ目の間に伸びてくる。

指が割れ目の間を往復すると、クチュクチュとエッチな音が響いた。

「洗い流したのに、もうすごい濡れてるな？」

「……っ……だって……」

「だって、なに？」

「もぉ……なに、言わせようとするんですかっ！　昴さんの意地悪っ！　昴さんのだって、すっごく元気になってるくせに……」

「興奮してるんだから当然だろ。ようやく好きな女を抱けるんだからさ」

昴さんは私の脚を大きく広げ、割れ目を両手の人差し指でクパリと広げた。敏感な粒にキスされて、私の身体は大げさなぐらいビクッと跳ね上がる。

「ぁっ……！」

「お前のも俺のと同じぐらい膨れてるな？」

「……あ、当たり前です。好きな人に抱いてもらえるんですから……」

同じセリフで返したものの、恥《は》ずかしくて居た堪れなくなった。顔を両手で隠して恥《は》ずかしさを紛らわそうとするものの、少しも紛れない。

「うぅうう……今の忘れてくださいっ！」

「なに、照れてんだよ」

昴さんにククッと笑われ、ますます恥《は》ずかしくなる。

「ホントお前って、可愛いよな」

「へ？　……あっ……！」

私の敏感な粒に、昴さんの舌が絡む。舌の表面でねっとりと舐《な》められ、とろけるような甘い快感が襲ってきたかと思えば、時折舌先で弾かれて、強い快感が襲ってきた。

「……っ……ん……ぁっ……はぅっ……あっ……あぁっ……！」

昴さんの指が膣口に宛《あて》がわれ、ツプリと入ってくる。

「あっ……は……んんっ……」

「中、トロトロだな」

敏感な粒に熱い息がかかると、肌がゾクゾクと粟立《あわだ》つ。わずかな刺激のはずなのに、昂《たかぶ》っている私の身体は、その刺激をとても強く受け止めて、快感へ変えてしまう。

昴さんは指をもう一本増やし、人差し指と中指の両方で中を刺激してくる。

「んっ……あっ……あっ……や……きちゃ……っ……んっ……あぁー……っ！」

敏感な粒と中の両方に快感を与えられた私は、自分でも信じられないくらいの大きな喘《あえ》ぎ声を上げ、盛大にイッてしまった。

頭がおかしくなりそうなほど気持ちよくて、指一本にも力が入らない。身体がスライムになっちゃったんじゃないかって思うぐらいとろけて、目を開けていることすら難しい状態だ。

目を瞑《つむ》っていても、昴さんが私の脚の間から顔を上げて、身体を起こしていることがわかった。パリッというお菓子のパッケージを開けるような音が聞こえてきて、私はぼんやりと目を開く。

なんでこんな時にお菓子……？

昴さんが自身になにかをかぶせているのが見えて、ハッと我に返った。

お菓子なわけないじゃん！　コンドームだよ！　わわわ、同人誌とかでは何回も見たことあるけど、現物を見るのは保健の授業以来！

心臓がバクバク大きな音を立てて脈打つ。緊張が半分、そして好きな人に初めて抱いてもらえるという期待が半分……

準備を整えた昴さんはふたたび私の上に覆《おお》いかぶさり、膣口に自身を宛《あて》がう。少し宛《あて》がわれただけなのに、指とは比べ物にならない圧迫感を覚える。

こんなに大きいのが、本当に私の中に入るのかな？　いや、入るんだろうけれど、なんでこんなデッカイのが入るの⁉　不思議で仕方がない。

「一花、入れるぞ。力抜いてろ」

「は、はい……」

どれだけ痛いんだろう。友達は『彼氏のことボッコボコに殴ってやりたくなるほど痛かった』とか言っていた。彼氏が大好きで、相当尽くしていた子がそう言うのだから、相当痛かったはずだ。

でも、昴さんがたっぷり時間をかけて慣らしてくれたし、指二本も受け入れられるようになったんだし、想像してるよりは痛くないんじゃないかな？　というか、そうであって欲しい。痛いの怖い！

どうか耐えられる痛みでありますように……！

そう期待していると、昴さんが宛《あて》がった自身を押し入れてくる。次の瞬間、私の瞼《まぶた》の裏が真っ赤に染まった。

「——……っ⁉」

い、痛ぁあああ……！

でも、なんとか……というか、辛《かろ》うじて……！　本当に辛《かろ》うじて我慢できる痛みだった。慣らしてなかったら、一体どれほど痛かったんだろう。きっと気絶したんじゃないかな⁉　でも痛みでまた意識を取り戻して、また失っての繰り返し……⁉　な、なんて恐ろしい……！

「一花、大丈夫か？」

「……っ……なん……とか……」

痛みを我慢しながら出した声は、死にかけた虫の羽音⁉　と思うほど小さかった。

「辛い思いをさせて悪いな。けど、まだ先だけしか入れてないから、最後まで入れるぞ」

「えっ！　まだ全部入ってないんですかっ⁉」

「ああ、まだ先だけだ。ほら」

昴さんは私の手を取ると、自分のアレに持っていく。まだしっかり握れる……！　ということは、まだそれほど入っていないと言うことで……

嘘～……！

体育の授業でグラウンド五周走って来いって言われて、ようやく走り終えてクタクタになってるところ、『あ、もう三周追加で』って言われたような絶望感だった。

「力が入ると余計痛いと思うから、できるだけ力抜いてろよ」

「は、はいぃぃ～……」

昴さんが中に入ってくるたびに、激しい痛みが襲ってくる。

「うぅ……っ」

痛いぃいいいっ！

力を入れないように……と思っても、気を抜くと痛みのあまり自然と下半身に力が入ってしまう。それでもなんとか意識的に力を入れないように注意する。

私は痛みが訪れて当然だってわかっているから耐えられるけど、人類で一番初めにエッチした人は、この痛みを体験してどう思っただろう。死ぬかと思ったんじゃないだろうか。そもそも、どうして硬くなった男性のそれを女性のアレに入れるという発想になったんだろう。本能的に？

痛みのあまり頭がぼんやりして、今考えなくていいことを考えてしまう。

「一花、頑張れ。……って言っても、頑張りようがないな」

「うぅう……が、頑張って……耐えますっ……」

「おう、偉いぞ」

昴さんは髪を撫《な》でながら、私の奥をゆっくりと目指していく。昴さんのアレが入ってくるたびに、中が広げられていく感覚がわかって、痛いけど興奮してゾクゾクする。

奥にゴツリと当たった瞬間、ひときわ強い痛みが走って、目の前がチカチカした。それと同時に、昴さんが熱い吐息を零《こぼ》す。

「……昴、さん……今、全部入り……ました？」

「ああ、入った。お前の中、ねっとりしてて気持ちいいな」

「ぅう……っ……私はただひたすらに痛いです……女の人だけ初体験が痛いなんて不公平ですよね。処女の人とエッチする時は、男の人もお尻の穴に人参《にんじん》を挿《さ》すってルールができればいいのにっ！」

「……っ……ぷ……や、やめろ。こんな時に笑わせんな！」

「笑わせるつもりで言ってるんじゃないですよ。大真面目に言ってるんですっ」

「お前、ケツに人参《にんじん》挿《さ》した男とセックスしたいか？」

「ぅうう〜ん……でも、正常位なら見えないし……」

「そういう問題かよ」

昴さんが笑うと、中に入っているアレまで震える。

「んっ……」

こんな自覚の仕方はどうかと思うけど、そのことで、ああ、昴さんのが中に入ってるんだ！　って改めて自覚させられて、なんというか、邪《よこしま》な意味で感慨深い。

「こんだけ喋れるってことは、少し痛みが引いてきたか？」

「言われてみると、少し……さっきまでは裂けるんじゃないかってくらい痛かったですけど、今は……鈍痛？」

「そうか。俺が動いたら、また痛みが強くなるかもしれないけど……いいか？」

「ひぃいい……っ！　……で、でも、頑張りますっ！　ドンと来いです！」

「お、威勢がいいな。さすが一花だ」

「……いや、ドンとっていうか……う……て、手加減してください。エロ同人みたいに激しいのは勘弁です……っ！」

「覆《くつがえ》すの早すぎだろ。てか俺、エロ同人見たことないんだけど……」

「うぐ……昴さん、リア充ですもんね。でも、それって人生の三分の二を損してますよ」

「大分損してるな。それじゃあ見てみるか。家に帰ったら、お前が持ってるエロ同人見せてくれ」

「はっ⁉　い、嫌ですよっ！　同性でオタクの友達ならまだしも、異性のリア充に自分の性癖を見せるような真似《まね》、私には恥《は》ずかしくてできませんっ！」

「そう拒まれると、余計見たくなるんだけど？」

「それは昴さんが意地悪だからです！　ぁっ……んぅ……っ」

昴さんが動き始めると、挿入された時ほどじゃないけど、脚をジタバタ動かしたくなるような痛みが襲ってくる。

「……っ……ン……ぅっ……ぐっ……ぅう……んっ……！」

奥に当たるたびに、すごい圧迫感！　胃が口から飛び出そうなんですけど！

まあ、あれだけ大きなモノが身体の中に入っているのだから、圧迫感がないほうがおかしいかもしれない。

下半身に力を入れないようにしている反動なのか、顔にすごく力が入って、閉じている瞼《まぶた》にギュッと力が入り、唇がへの字になる。

エッチは慣れてくると気持ちいいって言うけど、本当にこの辛さが快感に変わる時がくるのだろうか。信じられない。

「大丈夫か？」

「う……っ……んんっ……な、なんとか……昴……さんは？　気持ちいい……んですか？」

「ああ、お前が痛がってるところ悪いけど、スゲー気持ちいい」

擦《す》り付けられているうちにだんだんと痛みに慣れてきて、ギュッと瞑《つむ》っていた目を開く余裕が出てきた。

あ……。

目を開くと、気持ちよさそうにしている昴さんの顔が視界に飛び込んできた。

——本当に気持ちいいって思ってるんだ。

私の中に入れて、気持ちよくなってる。私とエッチして、気持ちよくなってる。そう自覚すると興奮する。

私って変態なのかな？　痛いけど、すごい嬉しいよ。

「ん……んぅっ……そ……ですか……っ」

「もう、人参《にんじん》突っ込みたいとか言わないのか？」

昂さんは私の髪を撫《な》でながら、からかうような口調で尋ねてくる。

「さっきまでは……思ってました……けどっ……今は、なんか……も……どうでもいいです。……どうでもいいって、投げやりな意味じゃなくて……」

「うん？」

「うまく説明できないんですけど……っ……痛くても、昂さんが気持ちいい姿……見てたら、痛いけど……なんか、いい気分……というか？　あっ……誤解しないでくださいねっ!?　私、痛くされるのが好きなんていう性癖はありませんよっ！」

必死に説明すると、昂さんがまた笑う。

「ほ、本当ですよ？　私、痛いのは嫌いですからねっ！」

強く強調したら、昂さんが嬉しそうに笑って、唇にちゅ、ちゅ、とキスしてくる。

「んっ……んっ……も……聞いて、ますか？」

「ん、聞いてるよ。一花は、気持ちいいのが好きなんだもんな？」

「う……それは、どっちかって言うと、そう……ですけど……」

改めて聞かれると、なんかエッチなこと大好きでーす！　って宣言しているように感じて、恥《は》ずかしくなり、それを誤魔化《ごまか》すために昴さんの肩をパシパシ叩く。

「今日は辛いかもしれないけど、慣れてきたら気持ちよくしてやるから、もう少し頑張れ」

「……ん……ぅ」

昴さんは私の髪を撫《な》でながら優しいキスをして、やがて私の中で絶頂を迎えたのだった。

五着目　クローゼットの中の秘密

「一花、水飲むか？」

「うぅ……飲みたいです」

昴さんと初めてエッチしてから、一週間が経つ。

初挿入はとんでもなく痛かったのに、あれからほぼ毎日エッチしていたら、徐々に痛みを感じなくなって、指の時と同様に中でも感じられるようになった。

人間ってすごい……！

今日はお風呂から上がってリビングのソファで寛《くつろ》いでいたところ、アトリエから休憩しに出てきた昴さんが隣に座ったものだから、そこからイチャイチャして、それでエッチすることに……

挿入なしでイッたあとも怠《だる》くなるけれど、挿入ありのエッチをした時って、怠《だる》いを通り越して起き上がるのが辛い。一度眠らないと、とても復活できない。

ソファでぐったりしている私とは対照的に、昴さんには疲れの「つ」の字も見えない。冷蔵庫からミネラルウォーターを二本取り出し、そのうち一本を私にくれる。しかも、事前にキャップを外してくれるという親切具合だ。

昴さんはソファの下に座ってミネラルウォーターを飲み終えてすぐに、ソファにふたたび寝そべり、ウトウトする私の髪を撫《な》でる。

「ううん～……おやすみなさい」

髪を撫《な》でられるのって、どうしてこんなに気持ちいいんだろう。少しでも気を抜いたら、すぐにでも夢の中へ行けそうだ。

「寝るなら部屋で寝ろよ。風邪引くぞ」

「ちゃんと服は着たから大丈夫です。というか、動けそうにないです～……」

「お前、体力ないな」

「昴さんが体力ありすぎるんですよ」

昴さんは私を横抱きにすると、自室まで送ってくれた。

時刻はまだ夜十時……いつもなら深夜アニメまでコスプレ衣装を作ったり、漫画を読んだり、ゲームをしている時間だ。それなのに彼氏とエッチして、お姫様抱っこされて部屋に運ばれているなんて……

自分にこんなことが起きるとは、まったく想像していなかった。いまだに朝目覚めたら、今までのは夢なんじゃ⁉　って思うぐらいに信じられない。

「ほれ、着いたぞ」

「ああ～……すみません。ありがとうございます」

ベッドに下ろしてもらった私は、土に帰る虫のごとくモゾモゾと布団の中に潜《もぐ》り込む。

「昴さんは、仕事に戻るんですか？」

「ああ、そのつもり」

「今日は何時までですか？」

「時間は特に決めてないけど、四時まではやるかな」

「本当にタフですね……というか、タフすぎますよね。無理してるのに強がってません？」

「まあ、明日は昼出社にするつもりだしな。問題ない」

「それならいいですけど……出社時刻ギリギリまで仕事してないでくださいよ？　ちゃんと睡眠とってくださいね？　それからさっきも言いましたけど、明日私、実家に一泊してきますけど、カレー作って冷凍庫に入れてありますから、ちゃんと食べてくださいね。食べるの忘れちゃダメですよ。帰ってきたらちゃんと食べてるかどうか、チェックしますからね！」

そうお願いすると、昴さんがニヤリと笑う。

「なに、心配してくれてんのか？」

昴さんはベッドに腰を下ろすと、私の頬をムニムニ抓《つ》まんでくる。

「ちょっ……やめてくださいよ。ほっぺが伸びたらどうするんですか。それは、やっぱり、その……心配するに決まってるじゃないですか」

まともに顔を見るのは恥《は》ずかしいから、頬を抓《つ》まんでいる手を払い、昴さんにお尻を向けながら答えた。

するとあ昴さんがクスクス笑いながら私の目の前に手を付き、耳元に唇を寄せてくる。

「なんでそっぽ向いて言うんだよ」

「んっ……ね、眠いから横を向いただけですし」

み、耳、くすぐったい……！

「ふぅん？」

こんな見え見えの嘘……でも、気恥《きは》ずかしくて嘘を吐かざるを得ない。

「強がってないから大丈夫だ。なんならもう一回抱いて証明してやろうか？　しかも、激しくな」

「なっ……ま、まだ、そんな体力が残ってるんですかっ⁉　も、もう一回なんて私、無理ですっ！　明日も仕事なのに、再起不能になっちゃいますから！」

耳を押さえながら飛び起きる。すると昴さんが楽しそうに笑って「冗談だ」と笑った。

ま、また、からかわれた……

「そうですよね。あんなにして、もう一回できるはずが……」

「いや、それは本当」

「それは本当なんですかっ⁉」

タフすぎる……！

◆◇◆

翌々日、実家から仕事へ行き、夜に仕事を終えた私は、いつものようにスーパーに寄ってから昴さんの家へ帰った。

ちなみに実家に一泊したのは、母の誕生日を祝うためだ。昨日は実家でケーキを囲んでお祝いした。今日からは夫婦で温泉旅行に行って、改めてお祝いをするそうだ。私も誘われたのだけど、あいにく仕事だったので断念……

「ただいま～」

昴さんはまだきっと帰っていないだろうけれど、一応声をかける。返事がないから、やっぱりまだ帰っていないみたいだ。

あー、落ち着く～……！

初めはここに帰るのが変な感じで、落ち着かなかったけれど、人間の適応能力って不思議なもので、今では実家よりもこっちに帰ってくるほうが落ち着く。まあ、実家は実家で落ち着くんだけどもね。

リビングに入ると、テーブルにスマホが置いたままなのに気付いた。

「あれ？」

昴さん、スマホ忘れていったのかな？

食材を冷蔵庫にしまい、着替えや手洗いうがいを済ませた私は、夕食を作る前に一休みしようとリビングのソファに座る。

「んん？」

テーブルに忘れたままのスマホ……近くで見たことで、異変に気が付いた。

昴さんの持ってるスマホって黒だったはずだけど、このスマホは白だ。

昴さん、スマホ買い替えたのかな？　それとも壊れて修理することになって、代替機借りたとか？

いずれにしても、忘れて出かけちゃうなんて……

「ふふ、意外にうっかりなところもあるんだ」

帰ってきたら、いつも意地悪なことを言われている仕返しを兼ねて、『昴さん、ドジ～！』と、からかってやろう。

……早く会いたいな。

昨日ようやくパルファムに履歴書や必要書類を送ったことも報告したいし、すごく悩んでる様子だった服のデザイン画がどんな風になったのか見たいし、実家で食べた割と豪華なケーキの画像も見せたい。

少しの間会ってないだけなのに、もう随分会ってないみたいだ。時間感覚すら麻痺《まひ》させるなんて、恋の力って恐ろしい！

さて、今日はなにを作ろうかな。

食洗機を開けると、綺麗《きれい》に洗われたカレーの皿が入っている。どうやらちゃんと食べてくれたらしい。

あれ、カレーの皿はあるけど、コーヒーカップが入ってない。

「ということは……」

昴さんのアトリエのドアを開け、作業机の上を見る。

昴さん、食器は片付けてくれるけど、コーヒーカップを下げるのは、なぜかいつも忘れるんだよね。

案の定、机の上にコーヒーカップが置いてあった。

コーヒーカップに手を伸ばすと、胸元からブチッという音が聞こえた。

え？

足元になにかが落ちて、コロコロと転がっていった。

なに？

音が聞こえてきた胸元に触れると、あるはずのボタンがない。

気が付かないうちに胸元のボタンがほつれて取れやすい状態にあったらしい。慌ててボタンを追いかけて、手を伸ばす。

ギリギリ届いたけれど、指の先が当たった衝撃で弾く形になった。

「あっ！」

ボタンはコロコロ転がって、クローゼットの扉の下にある隙間から中へ入り込んでしまった。

「もう……」

ボタンに気を取られて、無遠慮にクローゼットの扉を開けてしまった。

ボタンを拾ったところで、ハッと我に返る。

あっ……！　人のクローゼットだよ！　なに勝手に開いてるの！　昴さん、ごめんなさい！

帰ったら、謝ろう。昴さんのことだから、『別に謝んなくていい』って言ってくれそうだけど……

クローゼットを閉めようとした顔を上げたその時、見覚えのあるデザインの服を見つけて心臓が大きく跳ね上がった。

「え？」

それは、昴さんが手がけているブランドの発売済みの服でも、私がトルソーをした試作品の服でもない。私の大好きなゲーム、ストーン・コレクションに出てくるクールな女性キャラクター、ガーネット様の衣装だった。

「なんで、この衣装が……」

勝手に触れてはいけないと思いながらも、手に取ってしまう。

私が驚いたのは、昴さんのクローゼットの中に、ガーネット様の衣装があるからだけじゃない。この衣装は明らかに歌穂さんのものだった。よく見ると、他にも歌穂さんが作って着ていた衣装がたくさんある。

歌穂さんの衣装は一作品ごとに彼女のこだわりがあって、それが印象的だからすぐわかる。

例えば彼女が作ったガーネット様の衣装はロングスカートに刺繍《ししゅう》入りの大きなスリッ

トが入っているのだけど、正式なものには刺繍《ししゅう》が入っていない。でも歌穂さんは「このほうが可愛い気がする」と言って、見事な刺繍《ししゅう》をしていた。ここにある衣装にもしっかり入っている。

どうして昴さんの家に、歌穂さんの衣装があるの……？　これって、昴さんと歌穂さんが知り合いってことだよね……

……どんな、知り合いなの？

嫌な予感で、胸がいっぱいになる。

今すぐ確かめたい。そうだ。昴さんに電話を……ああ、ダメだ。昴さんのスマホ、家にあるよ……！

それなら、歌穂さんに……

自室に置いてあった通勤用のカバンから自分のスマホを出して、歌穂さんに『今、大丈夫ですか？　お聞きしたいことがありまして……』とメッセージを送る。

するとリビングに置いてある昴さんのスマホから、なにかを受信したらしい音が聞こえてきた。

最近、歌穂さん忙しいって言ってたし、ダメかな……？

『お忙しい中ごめんなさい。このメッセージに気付いたら、ご連絡もらえますか？』と続けて送ると、また昴さんのスマホから音が聞こえてきた。

え……？

随分タイミングがよすぎない……？

ドクン、ドクン、と、心臓が嫌な音で脈打つ。リビングに戻って、昴さんのスマホがあるテーブルの前に立った。

まさか……

恐る恐る、歌穂さんに電話をかけてみる。

どうか、勘が当たりませんようにと願いながら発信ボタンをタップしたけれど、願いは叶わなかった。

テーブルに置いてあったスマホの画面がパッと光って、『ハナハナさん』と私のハンドルネームが表示された。

このスマホ、昴さんのじゃない。歌穂さんのだったんだ。

ここにスマホがあるってことは、昨日私が実家に泊まってる間、歌穂さんが来てたんだ。しかも歌穂さんのコスプレ衣装が昴さんのクローゼットにあるってことは、親密な仲としか思えない。自宅に招くんだから、親密に決まってる。

まさか、昴さんが浮気……？

「……っ」

ショックを受けた私は、すぐに荷物をまとめて昴さんの家を飛び出した。

六着目　変わりたい！

「うぅ……ひぐっ……うっ……うっ……」

実家に帰ってきた私は、誰もいないリビングで大泣きしていた。

お父さんとお母さんが旅行に行っていてよかった。部屋で閉じこもって泣いていたとしても、こんな嗚咽《おえつ》を上げていたらバレバレだ。

しかも落ち着いて考えると……いや、まったく落ち着いてないけども、よくよく考えたら、浮気相手は歌穂さんじゃなくて、私じゃない？

だって私が昴さんと付き合い始めたのは最近だけど、彼のクローゼットに入っていた歌穂さんのコスプレ衣装の数々は、それ以前に作られた作品だ。

それに昴さんがやけにオタク事情に詳しかった理由……それからストーン・コレクションのイベントにいた理由……ずっと不思議だった。聞いたらはぐらかされて、わからないままだったけれど、歌穂さんと付き合っているからじゃないだろうか。

というか、歌穂さんが浮気相手なんてありえない。私だって、歌穂さんと私のどちらを本命にする？　って聞かれたら、一秒も悩まずに『歌穂さん！』って答えるところだ。

芸能人以上の美貌《びぼう》とスタイルの持ち主で、性格も素晴らしい歌穂さんと、平々凡々な容姿で、ネガティブな私……比べるまでもない。

鼻をかんでいると、スマホが鳴った。

「……っ!?」

恐る恐る確認すると、昴さんからのメッセージだった。『一花、今日何時に帰ってくる？　遅くなるなら、車で迎えに行くけど』と書いてある。

帰れるはずがない。なんて返したらいいんだろう。

浮気するなんて最低ですよ！　ハーレム系ラノベの主人公にでもなったつもりですか!?　あれは二次元の話であって、三次元では許されませんよ！　いや、個人的には二次元でも三次元でも許せませんよ！　人の気持ちをなんだと思ってるんですか！

すぐに罵倒《ばとう》する内容が浮かんだけど、実際に打ったのは『今日も実家に泊まることにしました』という当たりさわりのない文章……。

私の意気地《いくじ》なし……！

打ち直す勇気もなくてそのまま送ると、すぐに『なんで？　今日は父さんと母さん、旅行でいないんだろ？』と返ってきた。

なんでもかんでもないでしょうよ！　昴さんがハーレム系ラノベの主人公みたいなことするからじゃん！

怒りでわずかに勇気が出て、『言いたくありません。しばらく帰りません』と返信した直後、昴さんからメッセージが送られてこないように受信拒否設定を施《ほどこ》した。彼の返信を見るのが怖いからだ。

すぐにそのことに気が付いたらしい昴さんから電話がかかってきたけれど、意気地《いくじ》なしの私はスマホを遠いところに置いて無視した。

逃げてたって仕方がないのに、なにしてるんだろう……

そもそも昴さんが、浮気をしたのかだってわからない。もしかしたら私の勘違いという可能性もある。

でも、もし、私の勘が当たってたとしたら？

――怖い……

昴さんと一緒にいるようになって、付き合うようになって、前向きな自分になれたような気がしたけれど、あっという間に元の自分へ逆戻りしてしまった。

遠くに置いたスマホをぼんやりと眺めていたら、メッセージの受信音が鳴った。受信拒否してる昴さんからは届くはずがない……ということは、友達だろうか。瑞樹？

話を聞いて欲しい……

スマホを手に取ると、予想していない名前が視界に飛び込んできて、心臓が大きく跳ね上がった。

歌穂さんからだ……！

恐る恐るメッセージを開いたところ、『返信が遅くなって申し訳ございません。どうしました？』と返信がきていた。

歌穂さんから返信がくるということは、彼女のスマホが彼女の手元に返ってきたってことで……つまりは昴さんの家に取りに行ったってことで……

呆然《ぼうぜん》としていると、歌穂さんからもう一通メッセージが送られてきた。『実はハナハナさんに、お話ししなければいけないことがあります』と書いてあって、ドキッとする。

もしかしてこれってひょっとして……ううん、ひょっとしなくても、昴さんのこと……!?

——やだ、怖い……！

メッセージを開いたことで既読済みの印が付いてしまったから、メッセージを見ているのに無視して返事をしていないと気付かれるだろう。

普段なら感じが悪いからと、既読の印を付けてしまった時はすぐに返信をするように徹底しているのだけど、今回ばかりは無理だ。

私はスマホの電源を切って二階の自室へ向かい、現実から逃げるように布団をかぶった。

◆◇◆

昴さんと歌穂さんの関係がわかってから、数日が経つ。私はあれから一度も昴さんの家に帰っていないし、連絡も断ったままだ。

理由も知らされず急にいなくなった私を心配してくれたのか、昴さんはあれから毎日、私の勤めるデパートの従業員出入り口の前で待っている。

両親には瑞樹と一緒にルームシェアをしているって嘘を吐いて、昴さんと一緒に暮らしているから、旅行から帰ってきた両親がいる時に、昴さんが実家に訪ねて来たらどうしよう……！　と心配だった。

でも、『両親に内緒にしてる』『バレたらまずい』と私が言っていたからか、昴さんが突然実家へ突撃してくることはなかった。

その代わり、実家の手前の道で待っていることがあるため、私は仕事が終わると、瑞樹の家に身を寄せていた。

まさか、両親に吐いた嘘が本当になるなんてね……

「瑞樹、迷惑かけてごめんね」

今日の夕食のメニューは、瑞樹のリクエストでホットプレートを使っての焼き肉だ。

美味《おい》しそうな匂いがしているけれど、昴さんのことで胸がいっぱいでなかなか食が進まない。

昴さん、ちゃんとご飯食べてるのかな……？　ううん、私なんかが心配しなくても、歌穂さんが作ってるのかも。

「私は構わないけどさ、三次元タイガーアイ様とちゃんと話し合ったほうがいいよ」

「三次元タイガーアイ様って……昴さんだってば」

「いや〜……タイガーアイ様の印象があまりにも強くてさ。で、これからどうするの？」

「……なにもしたくない。だって、私が行動を起こしたら、終わっちゃうんだもん」

昴さんと話しても、歌穂さんと話しても、昴さんとの関係が終わってしまう。

終わりたくない……

どうして私、クローゼットの中のコスプレ衣装に気が付いちゃったんだろう。

どうして私、テーブルに置いてあったスマホが、歌穂さんのものだって気が付いちゃったんだろう。

気が付かなかったら、昴さんの彼女でいられて、幸せな日々を送れていたのに……

我ながら、嫌な考え方だ。

気が付かなかったらいいって問題じゃないのに……私って、本当に嫌な人間だな。

せっかく自分のことが好きになれそうだったのに、今は自分のことが前よりも嫌いだ。

でも、昴さんを嫌いにはなれなかった。

浮気した彼氏を許して、そのまま付き合い続けている知り合いが何人か過去にいた。

『好きだからどうしても別れられない。辛いけどもう一度信じてみる』と言っているのを見て、もし自分だったら、浮気されたら即別れる。どんなに好きでも、浮気がわかった時点で大嫌いになる。そう思っていたのに……

「でも、このままでいたら自然消滅になっちゃうんじゃないの？」

「うん……」

「ほとんどの荷物、彼の家に置きっぱなしなんでしょ？」

「そうなんだよね」

私の大切なオタクグッズも、もちろん置いてある。昴さんがキャラクターくじで当ててくれたフィギュアも……もし自然消滅したとしても、置いたままになんてできない。

「パルファムの面接はどうするの？」

「……迷ってる」

実はあれからパルファムの人事部から連絡がきて、明後日《あさって》に本社へ面接に行くことになっている。

「一花、全然食べてないじゃん。お腹空《す》きすぎて逆に入んない？　私の仕事が遅くなったせいでごめんね！」

瑞樹の仕事が遅くなり、夕飯……というには、かなり遅い時間になっていた。

「いやいや！　お腹空《す》きすぎて……っていうか食欲なくて」

「精神的な理由で？」

「……うん、ごめん」

「いやいや、謝んなくてもいいよ。落ち込んでる時は、食欲まで落ちるからね。あ、食欲ないところ悪いけど、ホルモン焼いていい？」

「あ、うん！　私のことは気にせずに食べて！」

ホルモンの焼ける音を聞いているとぼんやりしてきて、自分の世界に入り込んでしまう。

パルファム……応募したのに辞退するのはどうかと思って、面接に行く返事をしたけれど、気乗りしない。

それはやっぱり昴さんの会社だってことも関係あるけれども、分不相応な夢を見たことが、急に恥《は》ずかしくなったのが大きな理由。

やっぱり、辞退の連絡をする？

私なんかが、こんな歳にもなって夢を追うなんて間違っていたのかもしれない。それに面接までは通っても、結局は落ちるかもしれないし、行っても無駄なんじゃないかな。

昴さんのことにしてもそうだ。私なんかが三次元の人間……しかもハイスペックな人間と恋愛をするなんて身の程知らずにもほどがある。

ネガティブで、陰気……こんな私なんかが夢を叶えられるはずがないし、ハイスペックな昴さんが相手にしてくれるはずなんてなかったんだ。

——私なんか……

そういえばこの言葉、昴さんが使うなって言ってたっけ……

私、ずっとこのままでいるの？

どんどん気持ちが落ち込んでいく。するとバチンという音と共にホルモンが弾けて、油が顔に撥《は》ねてきた。

「うひゃっ⁉　熱っ⁉」

「一花、大丈夫⁉」

「だ、大丈夫……熱かったけど、そこまでじゃないよ。ただ、ビックリしただけ」

「ホルモンって美味《おい》しいけど、焼く時に撥《は》ねるから嫌だよね〜」

瑞樹が苦笑しながら、焼けたホルモンを裏返す。

「うん、でも、今日だけは撥《は》ねてよかった……かも」

ビックリしたし、なんか……目が覚めた。ウジウジしている私の頬を『ウジウジすんな！　しっかりしろ！』って、誰かにぶたれたみたいだった。

「え、よかったの⁉　三次元タイガーアイ様の件でおかしくなって、熱い油で火傷《やけど》して興奮する性癖に目覚めたの⁉」

「いや、違うからっ！」

タレを入れたお皿に置いたままになっていた冷えたカルビを箸で抓《つ》まみ、ご飯を包んで次々と口に放り込んでいく。

「お、急に食欲が湧《わ》いた？」

「湧《わ》いてないけど、気合いを入れるためにはやっぱり食べておかないとなって思って」

「気合いって、なんの？」

「……私、食べ終わったら、昴さんのところに行ってみる。歌穂さんのこと、話してみる。だからそのために気合い入れないとって思って」

「さっきまでウジウジしてたのに、一体どんな心境の変化⁉」

「なんかホルモンの油が飛んできたことで、誰かに頬を引《ひ》っ叩《ぱた》かれてカツを入れられたような気分になったんだよね」

このままでいて、いいわけあるか……！

まだ昴さんが浮気をしたとも限らない。決定的な証拠を見つけてしまった気がしていたけれど、本人から話を聞いてみないとわからないことだってある。自分が決めつけていた出来事が、実際は全然違っていたことも今までの人生多々あった。

本当に浮気をしていたとしても、このままなんてダメだ。怖いけど、ちゃんと話し合わなくちゃ……

もし、浮気の件が本当だったとしても、パルファムの面接を辞退はしない。ようやく自分の夢がわかって、一歩を踏み出すことができたんだ。ここで引き下がったら、前の大嫌いな自分に戻っちゃう。

仕事のことも、恋愛のことも、もう逃げるのはやめた。後悔する結果になるかもしれない。でも、どうせ後悔するなら、やらないよりもやったほうがいい。

もう嫌いな自分に戻りたくない。変わりたい……！

「ホルモンの油でカツを入れられるとか謎なんだけど！　まあ、いいと思うよ。ただ、いいの？　そんな大事な話し合いの前に焼き肉なんて食べてさ」

「でも、にんにくは入れてないし……」

「髪とかに煙の匂い付いてない？　まあ、今更気にしたところで遅いけど」

「……あっ！」

顔を左右に振って髪を揺らしてみると、あきらかに煙の匂いがする。

「くさっ！」

「気付くの遅いし！　シャワー浴びてから行ったほうがいいよ」

「いや、シャワーはいいや。時間が勿体《もったい》ないし。……ごちそうさま！　片付けしないでごめん！　私、行ってくる！」

「それはいいんだけど、もう終電なくない？」

「あっ……」

つけたままにしていたテレビの時刻表示を見ると、もう深夜一時を回っていた。

明日にする？　でも、今すぐ昴さんに会いたい。朝までなんて待てない！

「外でタクシー拾う……っ！」

「おお……っ！　オタグッズを買うために節約の鬼と化《か》してる一花が、タクシーを……！　一体何年振り⁉」

「今日は緊急事態だもん！　最後にタクシーに乗ったのは……えぇーっと、思い出せない！　とにかく行ってくる！」

瑞樹の応援を背に受け、私はカバンを持って小走りで彼女の部屋をあとにした。

「えぇ～……？」

外に出るとかなり雨が降っていて、私はカバンにいつも入れている折り畳み傘を出して差す。

いつもはたくさんタクシーが通っているのを見かけるのに、今日に限って全然見つからなかった。ようやく見つけられても、もう他の人が乗っていたりで……天気が悪いし、終電を逃したりで、利用する人が多いのかもしれない。

ああああ……タイミングが悪い！

また誰かを乗せた一台のタクシーが、目の前を走っていった。

最寄駅のタクシー乗り場まで行こうか。いや、でも……

居ても立ってもいられなくなった私は、昴さんの家を目指して走り出していた。

そこまで高いヒールを履いているわけじゃないけれど、かなり走りづらい。

息が苦しい。雨は途中で止んだけど、撥《は》ねた雨水でスカートが泥で汚れるし、雨水が足とヒールの中に入り込んで気持ち悪いし散々だ。

でも、昴さんに会わなきゃ！　明日でも、明後日《あさって》でもなくて、今日……会わなくちゃ！

以前の私なら、こんなに頑張らないだろうな。

最初から無理だったんだから……

なんて理由を付けて、ただ家で布団に包まって、現実逃避するように夢の世界へ行っていたことだろう。

さっきまで昔のネガティブな自分になりかけていたけど、ちゃんとまた前を向いて歩き出せる。

手を伸ばさずに、言い訳を探して諦《あきら》めるのはもうやめた。

私を変わらせてくれた昴さんに会いたい。会って、ちゃんと話をしなくちゃ……！

ヒールだし、普段から運動不足だしで、昴さんの家にたどり着くまで一時間以上もかかってしまった。

焼き肉で付けたパワー、全部使い果たした……

昴さんに対してあんな拒否の仕方をしたから、合鍵を使って家に入るのはなんとなく気が引けたのと、歌穂さんと鉢合わせになるかも……!?　という不安に襲われ、インターフォンを押したのだけど、返事がなかった。

仕事で外出してるのかも……?

しばらくの間エントランスで待っていたけれど、コンシェルジュからの視線が気になって、結局合鍵を使って入ってしまった。

「あれ?」

玄関に入ると、昴さんの靴がちゃんとあった。

いたんだ……

昴さんの家には、テレビモニター付きインターフォンが設置されている。インターフォンを鳴らすと、どんな来客なのか見える。

私の姿を確認して、出たくなかったから無視した……とか?

『いちかは　100のダメージをおった』

頭に自然とゲーム風のナレーションが流れたけど、私、ダメージを負う資格なしだよ！　理由も言わずにメッセージの受信拒否設定した挙句、迎えに来てくれた昴さんを徹底的に避けてるし。

自分の行動が生んだ結果だ。受け入れないと……

昴さんは、アトリエかな？

私がいた頃と同じく、アトリエのドアは開いたままになっていた。

作業を見たくても、ドアが閉まってると入りにくいって言ったら、開けたままでいてくれるようになったんだよね。

昴さんの優しさを思い出すと、自分のした酷《ひど》い行動に胸が痛む。

しかし覚悟を決め、アトリエを覗《のぞ》く。

「あの、お邪魔します。昴さん、ちょっと時間もらえます……か？　えぇっ⁉」

すると衝撃的な光景が視界に飛び込んできて、ギョッとする。なんと椅子が転がって、昴さんが床に倒れていたのだ。

「すっ……昴さん！　やだ……大丈夫ですか⁉　しっかりして……っ！」

オーバーワークで、とうとう倒れちゃったんだ！

慌てて駆け寄ったところ、昴さんがぼんやりと目を開ける。

「ん？　あぁ……一花、ようやく帰ってきたのか。……スゲー焼き肉の匂いだな。焼き肉に行った夢見てたけど、お前が原因か」

「す、すみません。そんなに匂います？」

さっきまではすごく匂ったように感じたけれど、今では鼻が麻痺《まひ》して自分の匂いが全然わからない。

「ああ、スゲー匂う……って、おい、一花。いきなり避けやがって、どういうつもりだ」

昴さんは左手で自身の目を擦《こす》り、右手で私の鼻をムギュッと抓《つ》まんだ。

「ふがっ……ちょっ……そんなことよりも、大丈夫なんですか⁉　救急車呼ばないと……」

「救急車？　なんで？」

「倒れてるからですよっ！　無理するから、こんなことになるんですよ……っ！　忙しいのに私を迎えにきたりするから……」

泣いている場合じゃないのに、涙が出てくる。

私が逃げ回ったりしなければ、こんなことにならなかったかもしれない。

「いや、倒れてない。寝てただけだ」

昴さんは身体を起こすと、大きなあくびをした。

あれ、確かに眠そうだけど、具合が悪そうには見えないような……？

「病院に行きたくないからって、嘘吐いてません？」

「マジだって。イスの上で仮眠取ってたらバランス崩して落ちて、座り直すのも面倒だからそのまま転がって寝てただけだ。絨毯《じゅうたん》敷いてあるから、背中も痛くないしな」

インターフォンに反応がなかったのは、寝ていて気付かなかっただけらしい。

「転がらないで、ベッドに入って寝てくださいよ！」

「めんどい」

「人がソファで寝てる時は、わざわざベッドにまで運ぶくせに……」

「俺はいいけど、お前はダメ」

「なんですか、それ」

昴さんと話すの、久しぶり……

こうして話していると、ああ、やっぱり好きだなぁって思う。

「で、どういうつもりだよ」

「あの……ですね」

「ああ、そうだ。その前に悪い。トルソー頼む。納期ギリギリなんだ」

昴さんは作業机の隣に置いてあったショップバッグを掴《つか》み、私の前に差し出す。

「あ……私、焼き肉臭をシャワーで消してからじゃないと、服に匂いが移っちゃうかも……」

「ああ、別に構わない」

匂いが移っても構わないぐらいに急いでる……ってことなのかな?

「じゃあ、着てきますね」

ショップバッグを受け取って数日ぶりに自室へ入り、服を取り出す。

「わわわ、可愛い!」

中に入っていたのは、セットアップだった。

薄いピンク色で上は七分袖《そで》、下は膝丈のスカートだ。首元とスカートの裾に、ローズ・ミラーの象徴である薔薇《ばら》の刺繍《ししゅう》が入っている。今回はインナードレスもちゃんと最初からセットになっていて、しかもやっぱりこれだけでも欲しくなるぐらい可愛らしい。

雨で濡れた脚を拭いて着てみると、可愛い上にスタイルまでよく見える。ローズ・ミラーの服って素敵だから、着ると自然と背筋が伸びる。

「昴さん、着てみました。すごく可愛いですね」

アトリエへ戻ると、顎《あご》に手を当てて難しい顔をしている昴さんが、私の姿をじっくりと眺める。前後左右から上から下まで眺め、満足そうに頷《うなず》く。

「うん、可愛い。完璧。微調整の必要もないな。このまま納品する」

「私もこの服、大好きです。というか、ローズ・ミラーの服は全部好きです。なんだか特別な一枚って感じで、ローズ・ミラーの服を着てると、自分に自信が持てちゃう感じがしますよ。いつもは平々凡々でも、この服を着ている時だけは、魔法使いに魔法をかけてもらったシンデレラみたいな気分っていうか……うまく言えないですね」

「ああ、俺もそういうのを目指して作ってるから、そう感じてくれたら嬉しい」

「そういうのって、えっと……どういうのですか？」

「お前みたいな自分に自信のない奴に、少しでも自信を与えられるようなアイテムになればいいって思って作ってた。だからお前がそう感じてたら嬉しいよ。教えてくれてありがとな。なんか俺まで自信もらった気がする」

昴さんはいつもみたいな意地悪な顔じゃなくて、少年みたいな顔で笑う。その顔を見ていたら胸がキュゥッと苦しくなって、抱きしめたい衝動に駆られてしまう。

というか、すでに駆け寄っていた。昴さんもそれに気が付いたのか手を広げて待ってくれていたけれど、私はすんでのところでハッとして慌てて距離を取る。

抱き付いてる場合じゃないでしょ！　いや、でも、もしこれから別れ話になるとしたら、最後に一回、冥土《めいど》の土産《みやげ》に？　で、でも、でもでも……

心の中で葛藤《かっとう》していると、昴さんが不機嫌そうに眉を顰《ひそ》める。

「なに、避けてんだよ」

「う……あの……あっ！　ちょ、ちょっとぉ!?」

昴さんは私が取った距離を詰め、私を横抱きにしてイスにどっかり座る。

「で？　話を聞かせてもらおうか」

「こ、こんな格好で⁉」

「お前が逃げるから仕方ないだろ」

「逃げないから、普通に話させてくださいよっ！」

「突然受信拒否するようなオタクの言うことは信じてやらねーよ」

「う……」

……って、オタクは今、関係なくない⁉

「で？」

昴さんは不機嫌そうに、イスの肘置《ひじお》きに肘《ひじ》を突いて私が話し出すのを待っている。

しまった。昴さんと話し合おうとは思ったけど、なにをどうやって話そうかまったくシミュレーションしてなかった……！

な、なにから、切り出せばいいの⁉　落ち着け……落ち着け……ああ、落ち着こうと思えば思うほど、焦《あせ》るのはどうして！

「あ……の、ですね。浮気してます？」

「は？」

昴さんは切れ長の目を丸くして、キョトンとしている。

し、しまった。単刀直入過ぎた……！

「いや、あの、ですね……その――……」

「俺が浮気したと勘違いして、拗《す》ねて出ていったのか？」

目に見えるほど狼狽《ろうばい》していたら、昴さんがニヤリと笑う。

「勘違いって……」

「浮気なんてするか、馬鹿」

「じゃあ、私が浮気相手ですか？」

「お前は彼女だろ。お前『は』っていうか、お前しかいねーし、他に作る気もまったくねーし」

嬉しいけれど、今はその言葉を素直に受け止められる状況じゃない。

「じゃあ、歌穂さんとは、どういう関係なんですかっ⁉」

昴さんがギクリとした表情になったのがわかった。

そんな表情をするってことは、やっぱり歌穂さんとやましい関係なんじゃ……

「私、アトリエのクローゼットの中、見ちゃったんです。わざと中を見ようとしたわけじゃないんですけど、取れたボタンが隙間から中に入っちゃって……」

私は嫌な音で脈打つ心臓を服の上から押さえながら、アトリエのクローゼットの中に歌穂さんのコスプレ衣装があったこと、そしてリビングのテーブルの上にあったスマホが、偶然にも歌穂さんのものだと知ってしまったことを話した。

「昴さんと歌穂さんは、どういう関係なんですか⁉　家にまで入るってことは、男女の関係なんじゃないですかっ⁉　昴さんがストーン・コレクションのイベントにいたこと自体、前からおかしいと思ってたんです。それに妙にオタクを理解してくれるし、キャラクターくじの用語とかキャラの名前とか、一般人も知らないようなことを知ってるなぁって……歌穂さんと付き合ってたなら、ああ、納得だって思って……」

不安で涙が出てきてしまい、それを拭《ぬぐ》いながら問い詰める。

「……お前には、もっと早く言うべきだったな。悪い」

ああ、やっぱり、そうだったんだ。

絶望のどん底に落ちて、今すぐ世界が滅びたらいいのに！　なんてことまで、考えてしまう。

「すぐに……出て行きますね。トルソーが必要な時は、呼び出してください。期限までは、約束通りトルソーやりますから」

「待て待て待て、早とちりすんな。『悪い』って謝ったのは、浮気してるって意味じゃない。人の話は最後まで聞けよ」

「え、じゃあ、どういう意味なんですか？」

「つまりだな。お前がやりとりしていた歌穂って女は、俺だ」

「……は？」

あまりにもとんでもない答えが返ってきたものだから、呆気にとられた私は、たったそれしか声に出せなかった。

わ、私、しっかりしろ！

「なっ……そんなはずないでしょ！　馬鹿にしてるんですか⁉　イケメンだからって、なにもかも許されると思ったら大間違いですよ！　オタクの怒りを舐《な》めると怖いですよ！」

私は昴さんの両頬を抓《つ》まみ、左右に引っ張ってやった。

「痛《い》でででで！　なにすんだ」

ははは！　これでイケメンが台無し……じゃない！　頬を引っ張ったぐらいでイケメンは崩れない！　なおさら腹が立つ。

引っ張る気が失《う》せて、手を膝に下ろした。

「馬鹿にしてるんじゃなくて、マジな話だ」

「そんなわけが……」

でも、昴さんは、嘘を吐いているとは思えない真剣な目をしていた。

「順を追って説明していくとさ、俺もコスプレ衣装作りが趣味だったんだよ。学生時代からな」

「へ……？」

「兄貴の影響なんだ。兄貴がアニメとかゲームが大好きで、俺にも面白いからってすすめてきて、あんまりにもしつこいから見始めたらハマった。んで、俺が特に興味持ったのはキャラの衣装で、どんな作りになってるんだ？　とか、随分複雑な作りだなとか考えてるうちに、キャラの衣装を作ったり、着て楽しむジャンルもあるって知って、俺もやってみたいなって思うようになった」

それって、昴さんもオタクってこと？　昴さんが？　……昴さんなのに？　え？　昴さんだよ!?

昴さんは目を丸くしたままなにも言えない私を見て苦笑いを浮かべると、一呼吸を置いて話を続ける。

「一度作ってみたら面白くてさ。そのうち自分なりのアレンジを加えるようになって、どんどんハマっていったんだよな。それにつれて、他の奴がどんな衣装を作ってるのかも気になってきて、ネットで作品をアップしてる奴のブログとかサイトを探すようになったんだよ。その時に一際いい作品を作ってて、気になる奴を見つけた」

誰だろう。

胸の中が、チリチリと焦《こ》げるようだ。昴さんにそう思わせる人に、ちょっと嫉妬《しっと》してしまう。

「それがお前」

「……はっ⁉」

私っ……⁉

「お前の作ってた衣装が、俺の好きなアニメだったってのもあったけど、お前、衣装に自分なりの工夫を入れるだろ？　それがすごいなって思ってさ。こいつと色々語れたら楽しいだろなぁって思って、コメントしようとしたらさ。ちょうど兄貴が傍にいて、男だとナンパだと思われて警戒されるかもしれないから、女のふりをして近付いたほうがいいって言ってきて、ああ、確かに……と思って、お前にコメントして、今に至るってわけだ」

まさか、昴さんがネカマだったなんて……

「ちなみに歌穂の設定は、兄貴が考え出したもんだ」

「じゃ、じゃあ、コスプレした写真の女の人は誰ですかっ⁉」

「あれは妹だ。円城寺歌穂、俺の妹だ。ちなみに名前もあいつから借りた」

「妹……っ⁉」

さすが昴さんの妹……すっごい美女だったのも納得できる。言われてみると、目とか雰囲気とか似てるかも。

「じゃあ、スマホは……」

「俺のメアドはもろ本名だし、連絡アプリの名前も男だから、女じゃないってバレると思って、歌穂用に買った」

「わざわざ……っ!?」

「男だってバレたら、嫌われると思ったんだよ」

いつも強気な昴さんが、気恥《きは》ずかしそうに頬を染めて答えるのが可愛くて、胸がキュンとしてしまう。

「じゃあ、もしかして、初めてうちのデパートに現れて、私に嫌味を言ってきたのは……」

「いや、あれは偶然。あのデパートにうちの支店を出すことになったから、客層やライバル店の様子を見に行っただけ。嫌味を言ったのは、単にお前の仕事に対する姿勢と、言いたいことを呑み込んで、相手に言われ放題になってるウジウジっぷりにイラついただけだ」

「うう……そうですか」

き、聞かなきゃよかった！　まあ、本当のことだから余計耳が痛いんだけどね……。

「でも、イベントでお前に会ったのは、偶然じゃないぞ。ネットの世界だけの付き合いにしようと思ったのに、お前のことを知るほど惹かれて、次第にどんな奴なのか興味が出てきてさ。お前があのイベントに参加するってＳＮＳで呟いてたから、我慢できなくなって、見に行った」

なんて。

「……っ」

全然知らなかった。偶然会っただけかと思ったのに、まさか私に会いに来てくれてた
「今思うと、あの頃からお前のこと好きだったのかもな。顔も見たことないのにさ」

「そ、そうだったんですか？」

「ああ、正直、ネット恋愛する奴ってどうなんだ？　って、ニュースとかで特集組まれてるの見た時に思ってたけど、ある意味俺もネット恋愛してたな」

夢でも見てるんじゃないかと密かに頬の内側を歯でかじってみると……痛い。どうやら夢じゃないようだ。

いや、夢だったら泣いちゃうけども……！

「で、話は戻るけど、イベント会場に入ったら、見覚えのある奴がいてさ。あのウジウジした奴がハナハナさんかよ！　って、正直ガッカリしてさ。でも、体形と容姿は最高の素材だと思って、トルソー役を頼んだわけだ」

「わ、悪かったですねっ！　しかも頼んだって言うか、完璧脅《おど》してましたしっ！」

「はは、まあな。でも、お前と過ごすうちに、ガッカリした自分を恥《は》ずかしく思った。の一面だけしか見てないのに勝手にガッカリして、随分嫌な態度取ったよな。それでもお前は俺に優しくしてくれてさ。ああ、本当にいい奴だなぁって思ったよ。お前

こと知るほど気持ちがデカくなっていって、そのうち気が付いたら、好きになってた」

　昴さんは私の手に自分の大きな手を添え、包み込むようにギュッと握ってきた。私はその手を握り返して、どちらからともなく指を絡め合う。

「そっか……歌穂さんがネット上に現れなくなったのは、私と一緒に住み始めたから……ですね？」

「ああ、以前はリビングでゲーム繋げてたし、四六時中お前と一緒だったから、目の前でスマホ弄《いじ》るとバレるんじゃないかなーと思ってさ。あ、ちなみにクローゼットの奥のほうにゲーム機隠してあったんだけど、そっちには気付かなかったか？」

「歌穂さんのコスプレ衣装が衝撃過ぎて、ちっとも気付きませんでした」

「ビックリさせてごめん。いつかはカミングアウトしようと思ってたんだけど、お前に嫌われるんじゃないかって思ったらなかなか言えなくて。お前がうちを出て行って、受信拒否された時に歌穂のスマホを置いたままにしてたのに気付いてさ。あ、バレて嫌われた……と思った」

「あ、だから受信拒否したあとに、歌穂さんのスマホから、話があるって……？」

「そういうことだ。でもまさか、歌穂との浮気を疑われてたとはな」

「いやいやいや！　普通あの状況では、ネカマしてたなんて気付きませんって！」

「言われてみるとそうだな」

「あの、ちなみになんでリビングに、歌穂さんのスマホを置いたままにしてたんですか？」

「お前と一緒に暮らす前はさ、休憩する時にリビングで寛《くつろ》ぎながら、お前の呟いてるのを見るのが日課みたいになってたから。その癖で」

なるほど……

「幻滅したか？」

「いや、まさか！　歌穂さんは憧《あこが》れの女性だったし、むしろ大好きな人二人が同一人物なんて……妙な感動があるというか、とにかく幻滅はしてないですよ」

「そうか」

昴さんがホッと安堵《あんど》したような表情を見せるのが愛おしい。

逃げるのをやめてよかった。この人を失ってしまうところだった。

「でも、もっと早く教えて欲しかったですよ。逃げ回ってた私も悪いですけど、昴さんが浮気したと思って……というか歌穂さんに私が敵《かな》うわけがないので、私のほうが浮気相手だと思って、すっっっごく悩んだんですからねっ！」

「悪い。どうしたら許してくれる？　お詫びになんでもするぞ」

昴さんは繋いだ手をゆすりながら、耳にチュッとキスしてくる。

「……っ……」

なんでも……？

このチャンスを無駄にはしない！　と、私は一瞬のうちに頭を回転させた。

「ストーン・コレクションのタイガーアイ様のコスプレをして見せてくれたら、許してあげます。昴さん、タイガーアイ様に似てるから、一度見てみたいなぁって思ってたんです。あっ！　ちなみに衣装は私が作ります。一度作ってみたかったので！　これで、どうですか？」

「わかった。タイガーアイのコスプレして、そのあと、お前を抱けばいいんだな？」

「へ？　……なっ！　だ、抱けなんて言ってないじゃないですかっ！」

「心の声が聞こえた」

「考えてないっ！　そんなこと考えてないですしっ！　……んっ」

昴さんは私の口を唇で塞《ふさ》ぎ、角度を変えながら何度も唇をハムハムと可愛がってくる。

「んー……っ」

くすぐったくて、でも気持ちいい。時折舌で味見するように舐《な》められると、お腹の奥に火が灯《とも》されたみたいだ。

口の中に舌が入ってくると火力が上がって、どんどん熱くなる。

今日の昴さんのキス、すごい激しい……っ！　外国映画に出てくるような濃厚で激しいヤツだ。余裕のない感じと、私を求めてくれてるんだなっていうのが伝わってくる情熱的なキスで、嬉しい。興奮が高まり続け——火力が上がるっていうか、燃えすぎ？　むしろ火事！

膣口から止めどなく愛液が溢れ、ショーツの中が驚くほどグショグショになっているのがわかる。少し身じろぎしただけでもクチュッと音が聞こえてきそう。

まだ、キスしてるだけなのに恥《は》ずかしい。

うう、昴さんに聞こえていないといいけど……

唇を合わせる音や息遣い、時折漏れる声にかき消されていることを祈ったけれど、昴さんがクスッと笑うのがわかった。

「もう濡れてんのか？」

聞こえてた⁉　耳が良すぎない⁉

それとも私が思っている以上に、音が大きかったのだろうか。

「……っ……もう、そういうこと、言わないでくださいよっ！　意地悪！　変態っ！」

昴さんの胸をバシバシ叩いたら、彼は楽しそうに笑って首筋にキスをする。それと同時に、服の中に手を入れてブラの上から胸を揉《も》んだり、胸の先端がある辺りを狙って爪でカリカリ引っ掻いてくる。

「ぁっ……」

もどかしい刺激を感じると、身体の奥がますます熱くなって、スカートに滲《し》みちゃうんじゃないかってぐらい愛液が溢れ出すのがわかった。

「ちょ、ちょっと待ってください……シャワー浴びたいです……」

「なんで？」

「なんでって、焼き肉臭いからですよっ！　それに走って汗だくだし、拭いたけど、脚なんて泥付いてるし……」

「そういや脚が泥だらけだったな。走ったのか？」

「早く昴さんに会いたかったのに、終電は過ぎてる上に、雨でタクシーが捕まらなくて……一時間くらい走りました。途中ちょっと歩いたりもしましたけど」

「ふーん？　早く俺に会いたかったんだ」

昴さんは意地悪な笑みを浮かべながら、尖《とが》り始めてきた胸の先端をブラの上から指先で突《つつ》く。すると、こっちも触って欲しいとおねだりするように、恥《は》ずかしい場所が疼《うず》いてしまう。

「……っ……だ、だめ……ですって……ば……シャワー……浴びないと……」

「あとで一緒に浴びればいいだろ」

ああ、ダメだ。昴さん、絶対やめてくれそうにない……！　それに私も、恥《は》ずかしいけど、このままイチャイチャしたい気持ちもあったりして……

ブラのホックを外されて、胸を直《じか》に可愛がられると、本格的にショーツがまずいことになっているのがわかる。

ど、どうしよう。今着てる服、試作品ってことはあとあと会社で使うんだよね……!?汚せない！　しかもこんなエッチなことして汚すなんて、ありえないっ！

「昴さんっ……シャワーは諦《あきら》めますから、服、脱ぎたいです……っ」

「随分積極的だな？」

ニヤリと笑われ、顔が熱くなる。

「なっ……ち、違いますっ！　そういう意味じゃなくて、試作品……汚しちゃうから……その、わ、私の……で……」

脚をモジモジ動かしていると、昴さんは私の訴えたいことがわかったらしい。

「滲《し》みそうなほど、濡れてんのか？」

「……っ……だから、そういうこと、言わないでくださいってば！　もぉ……っ」

恥《は》ずかしさを誤魔化《ごまか》すように昴さんの胸を叩いたら、彼はひときわ意地悪な笑みを浮かべる。

「じゃあ、立って。んで、俺の前で脱いで見せろよ」

「えっ！　あ、あの、自分……で？」

「そ。お前が自分で脱ぐとこ、見てみたい」

「ストリップじゃないですかっ！　なんてお願いするんですかっ！　変態ですかっ！」

「そうだな。じゃ、変態ってことで」

「認めないでくださいよっ！」

「お前が俺の視線を気にしながら、恥《は》ずかしそうに脱ぐ姿が見られるなら、別に変態と思われても構わない」

昴さんは嫌な顔をするどころか、ニヤリと楽しそうに笑っている。

「構いましょうよぉ……っ！」

「ほら、脱がないと滲《し》みるんだろ？」

「うぅ……」

汚して困るのは昴さんなのに、余裕そうな顔しちゃって……！

このまま汚してやろうか！　……いやいやいやいや！　ダメ！　そんなの無理！

立ち上がって、極めてマズイ状況にあるスカートを脱ごうと、ホックを外してファスナーを下ろす。手を離すと、スカートがパサッと足元に落ちる。

すぐに持ち上げて念入りに確認したところ、汚れていないようでホッと安堵《あんど》する。

あ、インナードレスのほうは……!?

カットソーとインナードレスを脱いで、お尻の部分を確かめると……セーフだった！

「はぁ～……よかったぁ……」

私は改めて安堵《あんど》し、服を綺麗《きれい》に畳んで昴さんに手渡す。

「はい、どうぞ」

「ん、じゃあ、続きな」

昴さんは試作品を作業机に置き、脚を組んで私が脱ぐのを楽しそうに待っている。

ホックが外れたブラとグショグショに濡れたショーツとストッキングという戦闘力も防御力もゼロの恰好《かっこう》と、さっさと裸になるのとだったら、どっちが羞恥《しゅうち》レベルが高いだろう。

ううう、恥《は》ずかしい……でも、途中でやめたいって言っても、昴さんは絶対納得してくれないってこともわかってるし、理由も聞かずに逃げ回っていたお詫びをしたいという気持ちもある。

とりあえずストッキングに手をかけ、スルスルと下ろしていく。

「あっ！」

いつもは伝線させたりしないのに、緊張のあまり力加減を間違えて、伝線どころか指で穴を開けてしまった。

まだ、一回しか穿《は》いてないのにっ！　でも、安いストッキングでよかった。高いものだったら、別の意味でもダメージを負っていたところだ。

「ドジだな」

「う、うるさいですよっ！　昴さんには、ストッキングを着脱する大変さがわからないんですよっ！　そんなこと言うなら、昴さんも穿《は》いてみ……」

ストッキングを穿《は》く昴さんかぁ……

「……なくていいです。さすがにイケメンでも、ビジュアル的にマズそうです。穿《は》きこなしててもなんか怖いし」

「ぶっ……なんだそれ……ははっ」

昴さんが笑う中、殉職《じゅんしょく》したストッキングを脱ぐ。締め付けはなくなって解放感があるものの、スケスケの布が一枚なくなっただけでも不思議と、すごく心細くなる。

ホックが外れたブラを取ると、心細さに加えて羞恥心《しゅうちしん》までやってきた。さっき昴さんに可愛がられた胸の先端がツンと尖《とが》っていて恥《は》ずかしさに拍車《はくしゃ》をかける。

片手で押さえながらショーツを下ろそうとしても上手くいかないので、結局は胸を晒《さら》して両手で脱ぐことを選んだ。

「こ、これで、いいですか？」

脱いでから両手を交差させて胸を隠し、脚を揃えて床にしゃがむことで恥《は》ずかしい場所を隠す。

「ああ、満足」

「もう……っ……変なことで満足しないでくださいよねっ！」

「でも、お前がすんなり言うことを聞いたのが意外だったな。服とインナードレスを脱ぐまでは濡らすのは困るからやりそうだと思ってたけど、下着は別に困らないわけだし。あ、コラボ下着だからか？」

「今日のはコラボ下着じゃないから汚れてもダメージは少ないんですけど……あの、急に受信拒否にして逃げ回っていたお詫びを兼ねてというか、昴さんに喜んでもらいたかったというか、なんというか……」

しゃがみながらゴニョゴニョ言っていると、昴さんがククッと笑いながら私に近付いてきた。

「最高に嬉しい」

「そ、そうですか。ストリップが好きなんて、変な性癖を持ってたんですね……」

「確かにスゲー興奮したことは否定しないけど、そうじゃなくて、お前のその気持ちが、最高に嬉しいってこと」

「あっ」

昴さんはしゃがんでいた私をその場に押し倒し、身体を起こしてカットソーを脱いでたくましい胸板や腹筋を露《あら》わにした。憎たらしいくらい均整が取れた肉体を目の前にすると、なにもかもを忘れて見惚《みと》れてしまう。

昴さんがベルトに手をかけると同時に我に返り、私に跨《またが》っている昴さんの腰をパシパシ叩く。

「ちょ、ちょっと待ってくださいっ！　あの、ここでするんですか？　床で？」

「お前がエロい姿して可愛いこと言うから、ベッドに行くまでの時間が惜しい。早く抱きたい。嫌なら我慢するけど」

「……嫌じゃない……です。前にも言ったけど、昴さんと……なら、どこでも……」

「野外は嫌なんだろ？」

「その通りです」

　昴さんはニヤリと笑ってベルトを外し、ボトムスの前をくつろげる。昴さんのアレは、すでに大きくなっていた。

「でも、ここで？　って聞くってことは、嫌なんじゃないか？　床はお前にとってNGだったか？」

「いえ、NGどころか、なんか二次元のシチュとしては昔から最高の場所だと思ってましたよ。大好物です。でも今は絨毯《じゅうたん》が気になります」

「背中が痛いか？」

「いえ、むしろフカフカで気持ちいいです」

　実家の絨毯《じゅうたん》とは大違いだ。絶対高いと思う。昴さんが床で転がったまま眠ってもいいかと思ったのが納得できるほど気持ちいい。だからこそ——

「そのー……私のアレで汚しちゃわないか、気になるんですよね……」

「こ、言葉にしないでくださいよっ！　でも、その通りです」

「愛液？」

「お前、スッゲー濡らすもんな？」

昂さんは私に覆《おお》いかぶさってきて、胸を揉《も》みながら耳元で意地悪にささやく。

「……っ……ン……も……昂さん……は、すぐ恥《は》ずかしい……こと、言う……っ！」

「お前が照れすぎなんだろ。絨毯《じゅうたん》ぐらい濡らしても構わないっての」

「うう、シミになっちゃったら、恥《は》ずかしい……です」

「俺は逆にそれをネタにして、お前に意地悪言えるから、むしろシミになってくれたほうがいいんだけど？」

「……っ……も……う、昂さんは、本当に……意地悪で……ぁっ……」

昂さんの唇が、私の耳元から頬に、首筋から鎖骨《さこつ》へ……そして揉《も》まれて形を変えた胸をなぞり、尖《とが》って敏感になった先端に吸い付いて、舌先を使ってこねくり回してくる。

「ぁ……っ……はぁ……」

胸を根元から咥《くわ》えられて、口を窄《すぼ》めてチュッと吸われると、身体の芯がジンジン痺《しび》れるような快感が訪れた。

割れ目の間にある敏感な一点を指の腹で同時に転がされ、お腹の奥が切なくて堪らない。どんどん溢れて、割れ目の間で指が動くたびにグチュグチュというエッチな音が大きくなっていく。

　ここまでされたら、絨毯《じゅうたん》のことまで気が回らなくなる。ただただ、昴さんから受ける愛撫に感じるので精一杯だ。

　早く抱きたいっていうから、すぐに挿入されると思ったのに、昴さんは丁寧な愛撫を次から次へと仕掛けてくる。

　昴さんは胸の先端から唇を離して、身体を起こす。

　とうとう挿入されるのかも？　と思いきや、昴さんは脚の間に顔を埋《うず》めて、割れ目の間に舌を這《は》わせ始めた。

「ひぁっ……!?　あっ……シャワー浴びてないのに……っ……そこ……舐《な》めちゃダメです……！　あっ……やんっ……！」

「別にいいだろ。つか、俺としてはシャワー浴びてない時のほうが、お前が恥《は》ずかしがる姿を見れて楽しい気がする」

「ぁっ……んんっ……！　へ、変態じゃないですかぁ……っ……！　で、も……昴……さん、早く……抱きたいって言ってた……のに、挿《い》れ……ないんですか？」

「スゲー挿《い》れたいけど、お前の身体のあちこちも触りたい」

　割れ目の間を長い舌が往復すると、恥《は》ずかしいけれど、気持ちよさのほうが勝《まさ》って鳥肌が立った。

指でたっぷりと弄《いじ》られて膨らんだ敏感な場所が、早くたくさん弄《いじ》って欲しいとおねだりするように、ヒクヒク疼《うず》いているのがわかる。

「ここ、スゲーひくついてんな？」

昴さんはクスッと笑いながら、舌先で敏感な場所をツンと突《つつ》いた。

「やん……っ！」

大げさなぐらいビクンと身体が跳ねて、突《つつ》かれたそこがさらに激しく疼《うず》くのがわかった。昴さんは楽しそうに笑い、そこを柔らかな唇で挟みながら、ねっとりと舌でなぞる。

「ぁ……っ……はぅっ……んっ……ぁっ……あっ……ンんっ……」

舌が動くたびに、身体がビクビク震える。同時に長い指が膣口に押し込まれ、私の弱い場所を刺激し始めた。

頭の中が真っ白になって、あまりの気持ちよさに呼吸すら忘れそうになる。

「……っ……あっ……んっ……あっあっ……ン……あっ……あぁ——……っ！」

私はあっという間にイッてしまい、全身の毛穴からドッと汗が噴き出した。そこを舐《な》められてから、きっと一分も経ってないんじゃないだろうか。

イッた余韻《よいん》を感じていると、昴さんが身体を起こして、下着の中から大きくなったアレを取り出した。

いつもは恥《は》ずかしいからあまり見ないようにしてるけれど、ぼんやりしているせいか羞恥心《しゅうちしん》が遠ざかって、まじまじと眺めてしまう。

早く中に挿《い》れて欲しいと訴えるように、さっきまで昴さんの指で弄《いじ》られていた中が、ヒクヒクと切なく疼《うず》いている。

あまりの疼《うず》きにため息が零《こぼ》れ、膣口から愛液が溢れた。

「……っ……ン……」

私の視線に気が付いた昴さんは、恥《は》ずかしがるどころか意地悪な笑みを浮かべる。その表情を見てハッと我に返った私は、慌てて目を逸らす。

「ジッと見てどうした？」

「なんでもないです。ただちょっと見ただけで、ジッとなんて見てないですし……」

思いっきり嘘だったたし、バレバレだろうけれど、素直に認めるのは恥《は》ずかしいのでシレッと嘘を吐く。

「なに？　早く挿《い》れろって視線で訴えてきたのか？」

『嘘吐いてんじゃねーよ』程度にからかわれると思っていたら、昴さんは私の脚を開かせてアレを宛《あて》がい、斜め上の言葉を繰り出してきた。

「そ、そんなこと、訴えてませんしっ！」

いや、確かに早く挿《い》れて欲しいなとは思ってたけど、そこはやっぱり素直に言えない。

だって恥《は》ずかしいし、昴さん、からかうんだもん！

昴さんのアレがグッと押し入ってくると、入り口がその形に広がっていく。

「……っ……ン……ぁ……」

慣れない頃はそこを広げられるのが苦痛だったけれど、（いや、昴さんに広げられてるってことに興奮を覚えていたから、苦痛なだけってわけでもなかったけど、身体的に感じる痛みって意味で苦痛だったってこと）今は広げられるのが気持ちいい。ゾクゾクして、全身の毛穴がブワリと開いて、身体の芯が熱くなる。

挿《い》れられていく感覚も、奥まで満たされる感覚も、すべて慣れない頃は辛かったのに、今ではそれがいい。

昔はビールが苦くて呑めなかったけど、呑んでいくうちにその苦さが堪らなく良くなった……的な？

いや、違うな。小さい頃は三つ葉の風味が苦手だったけど、大人になったらその風味がよくて、親子丼には絶対なくてはならない存在になった……的な？

入り口を広げられ、中へさらなる侵入を待っていたものの、昴さんはそのまま動きを止めてしまう。

気持ちよさのあまり自然と閉じていた目を開くと、昴さんがニヤリと意地悪な笑みを浮かべていた。

「昂……さん？　あっ……」

昂さんは腰を引いて、せっかく挿《い》れた先が抜けてしまいそうなギリギリのところで止める。

「……っ……や……な、なんで……」

挿《い》れてもらえると思った中が抗議するように激しく疼《うず》いて、あまりの切なさに涙が滲《にじ》む。

「挿《い》れて欲しくないなら、いいかなと思って」

本当は挿《い》れて欲しいこと、知ってるくせに……！

昂さんは腰を動かして、入り口と中の浅い場所をヌプヌプと擦《こす》る。そのたびに中が激しく疼《うず》いて、涙を零《こぼ》しそうなほど切なくなる。

「や……あ……っ」

挿《い》れて欲しくてビクビク身悶《みもだ》える私を見て、昂さんは楽しそうに笑う。

「一花、挿《い》れて欲しい？」

そんなことを答えるなんて恥《は》ずかしい。でも、もう、意地なんて張れる状態じゃなかった。

昂さんから目を逸らし、火が出そうなほど熱い頭を縦に振る。

「じゃあ、挿《い》れてっておねだりしてみろよ」

「ちょっ……もう、昴さんって、ホント変態っ……！」

「変態なんだから仕方ないだろ」

「開き直らないでくださいって言ってるのに……っ！　も……ぉ……っ！」

でも、言わないと挿《い》れてくれそうにないし……

「い、一回しか、言いませんからね？」

「ああ」

「い……挿《い》れ……っ……ぁ」

勇気を出して言おうとしたものの、昴さんが腰を動かすものだから感じて言葉が続けられなくなってしまう。

「聞こえない」

「だ、だって、昴さんが……ぁんっ！」

腰を動かして中を弄《いじ》るばかりか、敏感なところまで指の腹で撫《な》で転がし始めた。

「一回しか言わないんだろ？」

「……っ……挿《い》……れ、……は……んんっ……ぁっ……や……も……昴さんの意地悪……っ！」

昴さんは楽しそうに笑うと、私の唇に優しいキスをしてくる。

「ん……ぅ……んっ……んんっ」

その間も昴さんの指は私の敏感なところをプリプリと転がし続けていて、お腹の奥からまた新たな熱い愛液が洪水のように溢れていた。

「お前の反応がいちいち可愛いから、つい意地悪したくなるんだよな」

「……っ……」

ズルい……そんなこと言われたら、怒れなくなる。

「今度は動かさないから、言って。お前がエロいこと言うの聞きたい」

「小学生の男子じゃないんですから……」

「いいから、聞かせろよ」

おねだり上手というか、なんというか……

「……っ……ちゃんと奥まで……挿《い》れてください」

恥《は》ずかしい～……！

言い終わった瞬間からダメージを受けている私の中に、昴さんのアレが一気に突き進んでくる。

「あぁ……っ！」

みっちりと奥まで満たされると、ただでさえ熱かった中がより熱くなり、ヒクヒク痙《けい》攣《れん》を繰り返す。

「これでいいか？」

「……い、いきなりは、ダメですっ！　ビックリするからっ！」

「感じすぎるから、の間違いじゃないのか？」

「も……また、そんなこと言って……」

それもあるから、悔しい。

「すごい痙攣《けいれん》してるな？　……最高に気持ちいい」

昴さんはゆっくりと腰を使い始め、私の中を楽しむように動く。

「ぁ……っ……んんっ……あっ……んっ……あんっ！　あっ……あ……」

奥にゴツンゴツンとぶつかるたびに身体の芯が痺《しび》れて、弱い場所を押すように擦《す》り付けられるたびに、泣きそうなほどの快感が訪れる。時折円を描くようにグルリと掻き混ぜられると、限界まで広がった入り口が引っ張られて……それがいい。

私の中で気持ちよくなっている昴さんの顔を目に焼き付けたいのに、感じると瞼《まぶた》が自然と閉じてしまう。

「……っ……ン……は……ぁっ……あっ……んんっ……あっ……はんっ……んっ……んっ……！」

二人の繋ぎ目からは、熟《う》れすぎた桃に指を突っ込んだみたいなグジュグジュとした音が聞こえてきて、肌と肌がぶつかり合う音と混ざる。

「お前の中、洪水起こしてるぞ。音、聞こえるか？」

「……っ……そ、ういうこと……言わないでくださいよぉ……っ！　ぁんっ……あっ……はんっ……んんっ……んぅっ……！」

その音を聞いていると、昴さんと一つになっているんだっていう自覚が強くなって、より興奮していくのがわかった。

突かれるたびに奥からまた新たな愛液が溢れて、昴さんの腰遣いが激しくなってきていることも相まって、エッチな水音が増していく。

また大きな快感が足元からせり上がってきて、絶頂の予感を覚える。

「あっ……んんっ……昴さん……私……」

「イキそうか？」

「……っ……ン……は……んんっ……」

昴さんにしがみつきながら頷《うなず》くと、腰の動きがますます激しくなった。

「ひぁっ……!?　あっ……はぁ……あっ……あっ……」

「俺もイキそ……」

激しく打ち付けられて間もなく、大きな嬌声《きょうせい》を上げて盛大にイッた。

絶頂で痺《しび》れている私の中に自身の分身を激しく擦《す》り付けながら、昴さんも間もなく高みに昇りつめた。

昴さんがアレを引き抜いたあとも、まだアレが入っているみたいに中がジンと痺《しび》れてる。力が入らない私は、目を瞑《つむ》ってクタリと床に寝そべったまま動けない。

「一花、大丈夫か？」

「も……ダメです。クタクタで……眠い……」

体力ゼロ……お風呂に入らないと汗でベタベタだけど、このまま床で眠ってしまいたいと思っていたら、ペリッとなにかを開封する音が聞こえてきた。

いや、なにかっていうか、コンドームの袋を開封した音だよね？

恐る恐る目を開けると、昴さんはまた大きくなったアレにコンドームを装着し終えたところだった。

「ちょっ……ちょっ……昴さん、なにしてるんですか？」

「コンドーム着けてるけど？」

「それは見たらわかりますよっ！　ま、またするってこと……ですよね？」

「コンドーム着けた股間を見せつけるだけの趣味はないから、そういうことだな」

「さっきまで床で眠るほど疲れてたくせに！　体力温存してくださいよ。というか、私、二回目なんて無理ですよ！　HP《ヒットポイント》ゼロですっ！　大丈夫か？　って聞いた意味ないじゃないですか！　私は全然大丈夫じゃないんですからねっ！」

「さっき寝たから復活した。つか、お前が体力なさすぎだ。俺が鍛えてやる」

昴さんはふたたび私の膣口に元気いっぱいのアレを宛《あて》がい、グッと突き入れてくる。

「ン……ぁ……っ！　ど、どんな鍛え方ですかー……っ！　あっ……やんっ……は、激しいの……ダメ……ですからっ……ゆっくり……ゆっ……あぁー……っ！」

——昴さんの（性的な意味での）スパルタ指導は、数時間にも及んだ。

私は足腰立たないというのに、昴さんは疲れを見せるどころか、イキイキとしていた。

一体どれだけ体力があるの……！

明日仕事に行けなかったらどうしてくれるとジト目で睨んだけれど、『一花が帰ってきてくれたのが嬉しくてはしゃぎ過ぎたな』と微笑まれたら、怒るどころか喜んでしまう自分がいて……

もう、ホントにズルい！

◆◇◆

「一花、準備できてるのか？　今日、面接だろ。あと十分で出かけるって言ってた時間だけど？」

パルファムの面接当日、部屋にこもって支度をしていると、昴さんがドアをノックしてくる。

「ええっ！　も、もう、そんな時間ですか？　待ってください！　服は完璧なんですけど、前髪がいい感じに決まらなくて……」

「ああ、そうか。私服面接だったな」

「はい！　服はもうバッチリ中のバッチリですよ！　でも、前髪が……」

横に流すべき？　それとも下ろすべき？　編み込み……は無理だ。時間がない。

「どれ、見せてみろ」

「あっ！」

ひたすら前髪を弄《いじ》っていると、痺《しび》れを切らした昴さんが部屋に入ってきた。

「まだだって言ったのに～！」

どうせなら、前髪も決まった完璧な姿を見てもらいたかった。

「その服……」

「そうです。ローズ・ミラーで揃えちゃいました。あっ！　でも、パルファムの服だから媚《こび》を売ってっていうんじゃなくて、やっぱり勝負服って言ったらこれかなって。勇気が出る服！」

面接ということで、ローズ・ミラーの中では少しだけ大人しいシンプルなものを選んで揃えた。

白のレース付きブラウスに七分丈のサーモンピンクのカーディガン、膝丈スカートは淡いグリーンで爽《さわ》やかに決めたつもりだ。アクセサリーは上品なゴールドの一粒石のネックレスとお揃いの石が付いたピアス……ちなみにこれは、ストーン・コレクションのコラボアクセサリーです！

パンプスはスタイルが良く見えるように、いつもよりも少し高めのものを履いていく予定で、カバンは書類が楽に入るように大きめのものにした。

パンプスとカバン以外はすべてローズ・ミラーで揃えたので、お財布には大打撃だったけれど、その代わりすごい自信を手に入れた。この服を着ていれば、なんだってできる気がする。

「勇気の出る服か。うん、いいな。スゲー似合ってる」

昴さんは嬉しそうに笑みを浮かべると、私の前髪を横に流した。

「あ、前髪……」

「この服なら、横に流したほうが似合ってる」

「本当ですか？」

「ああ、ローズ・ミラーのデザイナーが言うんだから、間違いなしだろ」

「ふふ、確かに。じゃあ、自信を持って、どんな結果になっても後悔しないように、頑張って行ってきます！」

車で会社まで送ってくれるという昴さんの申し出は断ったけれど、玄関まで見送ってもらうことにした。

「一花」

「はい？　んっ」

パンプスを履いて振り返ると、昴さんが唇にキスしてきた。

「えっ……な、なんですか？　行ってらっしゃいのチューですか？　新婚の奥さんみたいですね……？」

照れて狼狽《うろた》えていたら、昴さんがクククッと笑う。

「誰が奥さんだ。性別逆だろ。……一花、お前なら大丈夫だ。応援してるから、頑張れ」

「はい！」

キスで自信と勇気をわけてもらえたみたいに思えた。

「じゃあ、行ってきます」

背筋を伸ばし、私は自信に満ちた表情で家を出発した。

――よし、頑張るぞ……！

エピローグ　やっぱり二十四時間じゃ足りない！

季節は回り、春がやってきた。

昴さんがデザインしたローズ・ミラーの春服は、連日テレビや雑誌で取り上げられ、ＳＮＳで芸能人やモデルが絶賛していたことも引き金となり、大ヒットを生んでいる。

そして私は、デパートのレジ係を退職し、念願だった株式会社パルファムの代表ブランドの一つ、トゥールヌソルの商品開発部に配属となった。

覚えることがたくさんあって、毎日大変だ。目が回りそうなぐらい！

でも、自分の興味のある職種に就《つ》けて、毎日大好きな服のことを考えることができて、すごく充実している。

今は覚えることに精一杯で、周りの人の足を引っ張っているような状態だけど、少しでも早く自分も最前線に立って働けるように頑張りたいって思う。

以前の私が今の私を見たら、きっと驚いて腰を抜かすだろうなぁ……

想像したら、笑ってしまう。

そしてトルソーとしての役目を終えた私は、昴さんにこのまま一緒に住まないか？と誘われたものの、期間限定で瑞樹と一緒に暮らしていると嘘を吐いて出てきていることもあるので、けじめを付けて一度実家に帰った。

でも離れて暮らすようになって一か月ぐらい経つと、お互い一緒にいる時間が前よりも少なくなったことに不満を持つようになり、結局はまたすぐに一緒に暮らすようになった。昴さんがちゃんと食べているのかと、休んでいるのかが心配なのもある。

ちなみに今回は瑞樹と一緒にルームシェアをするという嘘を吐かずに、彼氏と暮らすと本当のことを言ったし、昴さんも忙しい合間を縫って、きちんと挨拶《あいさつ》しにきてくれた。

だから、やましいことはなにもない理想的な同棲生活をスタートすることができた。

そして今日は待ちに待った休日！　昴さんと他社の服をリサーチしがてら買い物デートをし、車で帰宅するところだ。

「あぁああ～……足が痛い！　かなり歩きやすい靴にしてきたんだけどなぁ……」

「あれだけ歩けば、どれだけ履きやすい靴でも痛くなるだろ。車の中では脱いでおけよ」

「そうします。あぁああ～……解放感がヤバイです」

買い物を終えた私たちはレストランで食事をして、車で自宅へ向かっていた。

「春服、どのブランドも可愛いのたくさんありましたね」

「ああ」

「自分で買おうと思ったのに、こんなに買ってもらっちゃって本当によかったんですか？」

「気にすんな」

んん……？

口数がいつもより少ないし、声のトーンがいつもより低い。

なんだか昴さんの機嫌が、随分悪いような……？　私、なにかしたっけ？

帰宅した私は昴さんに買ってもらった服をハンガーにかけて、クローゼットの中にしまっていく。そのうちちょっと着てみたくなった私は、エンプレスで買ったワンピースを着てみた。あまりに可愛いものだから、昴さんにも見てもらいたくなる。

昴さん、リビング……かな？

自室を出て覗《のぞ》いたところ、昴さんはお風呂に入ったあとに、リビングのソファに寝そべって寛《くつろ》いでいた。

「昴さん、見てくださいっ！　エンプレスのワンピース、すっごく可愛いです。胸元のボタンとかもこだわったデザインですよね～……」

「ん？　ああ」

昴さんは一目だけ見ると、すぐにプイッと目を逸らしてしまう。

「ちょっと、見てないじゃないですかっ！」

「さっき試着した時に見たからいい」

あれ、やっぱり機嫌が悪い。

「昴さん、私なんかしました？」

「なんで？」

「だって、なんだか機嫌悪そうですし……」

「別に悪くない」

「いや、明らかに悪いですよ。なんですか？　私、なにかしました？　うひゃっ!?」

昴さんは私の手を引っ張ると、そのままソファに押し倒してくる。

「ちょ、ちょっと、昴さんっ？」

「他の奴がデザインした服、嬉しそうに着てんじゃねーよ」

あ、これって、もしかして……ううん、もしかしなくても……

「ふふ、昴さん、嫉妬《しっと》してくれたんですか？」

「うるせー。わかってんなら、さっさと脱げよ。つか、脱がす」

昴さんは私の背中に手を回し、背中のファスナーを慣れた手付きで下ろした。

「自分で買ってくれたくせに、ヤキモチ焼いちゃったんですか？」

嫉妬《しっと》してくれたのが嬉しくて、可愛くて、調子に乗った私は、少しからかうような口調で言ってしまう。

「うるせーって言ってんだろ」

あっという間にワンピースを脱がされ、下着だけにされてしまった。昴さんの手は服にとどまらず、ブラのホックにまで及ぶ。

「あ、ちょ、ちょっと、それは服じゃないんですけど？」

「そうだな。下着だ。服を脱がせるのと、下着を脱がせるってのは、普通セットだろ？」

「いやいやいや！　絶対普通じゃないでしょ。あっ」

昴さんは私の主張などお構いなしに、ブラのホックを外した。大きくて意地悪な手が、私の無防備になった胸の形をいやらしく変えていく。

「んっ……ちょっ……も……昴さん……？」

「んで、下着を脱がすのと、お前の身体を味わうってのも、普通セットだよな？」

「……っ……ふ、普通じゃないって言っても、普通だって言い張るくせに……」

「わかってるじゃん」

「ぁ……っ……んんっ……ちょ、ちょっと待って……私、まだお風呂……あっ！　それにまだ、アニメの予約してないんです！　もうすぐ始まっちゃう……」

「他の奴がデザインした服を尻尾《しっぽ》振りながら着るのに夢中で、さっさと風呂に入らなかったお前が悪い。途中でやめてやる気はないから、覚悟しておけよ」

「そ、そんな〜……！」


——やっぱり、私の一日は二十四時間じゃとても足りない。

仕事をして、アニメや漫画を見て、ゲームをして、コスプレ衣装作りをするのに大忙し。それに加えて、意地悪で嫉妬《しっと》深い彼氏に愛してもらうことまで追加されて、ますます二十四時間じゃ足りそうにない。

でも、昔よりも、今のほうがずっとずっと幸せだ。

書き下ろし番外編

デビルな社長と看病24時

株式会社パルファムの代表取締役社長で、ローズ・ミラーのデザイナーで、私の彼氏である円城寺昴さんは、紛れもなくワーカホリックだ。

納期までまだまだあっても、調子が乗っていると平気で徹夜する。それも一晩だけでなく、二晩でも、三晩でも……

しかもその状態でジムに行ったり、私に迫ってきたりするものだから、驚く。

一体、どれだけ体力があるんだろう。というか、特殊訓練を受けてきました⁉ 殺そうとしても死ななそう。実は人間じゃないかもなんて、密かに思っていたのだけれど……

「昴さん」

「悪い。今忙しい」

「忙しいなら、そのままでいいですよ」

自室の机に向かって、デザイン画を描いている昴さんの額《ひたい》に手を当てた。

熱い……

「なんだよ。ヤリたいのか？　それならデコじゃなくて、首筋とか胸元とかもっと色気のある場所を触れよな」

「ち、違いますっ！」

「まーた、敬語になってる」

「あ、つい……」

付き合ってしばらく経つから、そろそろ敬語もやめようということになっていたのに、ちょっとした時に癖《くせ》が出てしまう。

だって、長らく敬語だったし、会社でも顔を合わせる時もそうだから、なかなか癖《くせ》が抜けない。

「終わったら抱いてやるから、ちょっと待ってろよ」

「もうっ！　だから、違うって言ってるじゃないですかっ！　じゃなくて、いや、もうそんなことはどうでもよくて、昴さん、オデコ熱い。顔も赤いよ」

「そうか？　確かに集中してると、その辺りが熱くなるのを感じるな。まあ、アドレナリンが出てる証拠だろ。いい仕事ができそうだ」

「いやいや、確かに集中すると顔が熱くなるってことはありますけど、絶対熱がありますよ。だってご飯食べてた時も赤かったもん。それにいつもより食べる量が少なかったし」

「お前、よく見てるな」

「ちょっとジッとしていて」

「大げさなヤツだな」

「いいから……」

持ってきた赤外線体温計を昴さんの額《ひたい》にかざすと、三十八度五分と表示された。

熱がある。昴さんも人間だったんだ……

「ほら、三十八度五分もあるじゃないですか」

「壊れてるんじゃないか？」

「買ったばかりですよ。それに私は……ほら」

三十六度五分と表示された体温計を見せる。

「壊れてはいないみたいだな。ま、これぐらいの熱、仕事してれば治るから、気にするなよ」

「いやいや、治らないよ。早く薬飲んで、休んで」

「大丈夫だって」

「ダメ！」

「わかった、わかった。これが終わったら休むから」

駄々《だだ》っ子!?　いや、子供のほうがまだ素直に言うことを聞いてくれるかも。

「……いつ終わるの？　それ、大分先の納期のものだよね？」

「まあな」

じゃあ、問題ない。

「休んでくれないなら、別れる」

「はあ？　何言ってんだよ」

「本気だからね」

これでも仕事をやるって言ったら、傷付いちゃうからね！

むくれた顔で怒っているアピールをしながら、内心は私のお願いを聞いてくれるかハラハラしていた。

昴さんは小さくため息を吐くと、ペンを置いた。

「わかった、わかった。休むから」

よかった――……！　いいよって言われたらどうしようかと思った。

「薬とか用意してくるから、先に寝室に行っていて」

「ん」

昴さんは不機嫌そうに部屋を出た。

仕事と私、どっちが大切なの？　的なことを言うつもりはまったくない。でも、仕事よりも私を取ってくれたことが嬉しくて密かににやけた。

薬や額《ひたい》に貼る冷却ジェルを持って寝室に入ると、パジャマに着替えた昴さんがベッドに横になっていた……けれど、スマホを見ていた。

「こら、何してるの！」

「スマホ弄《いじ》ってる」

「いや、それは見ればわかるけど……スマホを弄《いじ》って何してるの？　って聞いてるの」

「仕事のメールのチェック」

「もう、熱が引くまで仕事はお休み！　急ぎの連絡なら電話が来るだろうし、メールはチェックしないで大丈夫でしょ？」

「まあ、そうだけどさ」

昴さんは不服そうに、サイドテーブルにスマホを置いた。

もう、本当にワーカホリックなんだから！

「冷却ジェル貼るね。冷蔵庫で冷やしてたから、かなり冷たいかも」

前髪を上げて、冷却ジェルを貼ってあげる。万年寝不足の癖《くせ》に、キメ細かい肌質で羨《うらや》ましい。

「うわ、冷てっ……あ、気持ちいい」

「気持ちいいってことは、熱がある証拠だよ」

薬も飲ませて、布団を肩までかけてあげる。

「後はゆっくり休んで。何かあったらスマホで呼んでね」

ストローを入れたミネラルウォーターをサイドテーブルに置いて、部屋を出ようとしたら止められた。

「行くのかよ」

「え？　だって、私が居たら休めないでしょ？」

「つーか、眠くない。こんなだし」

昂さんは布団をめくって、下半身を指差した。

「えっ⁉」

お、おっきくなってる……！

「な、なんでこんな具合の悪い時に……」

「いや、熱が高いだけで、具合が悪いわけじゃない。俺を休ませようと必死になるお前が可愛くて興奮した。このままじゃ寝れないんだけど？」

「いや、寝れないって言われても……」

「抱かせろよ」

「ダッ……ダメに決まってるでしょ！　ただでさえ熱があるのに！」

「じゃあ、寝れない」

「ええ……」

確かに、興奮した状態で寝ろって言われても、無理があるかもしれない。でも、熱があるのに抱いてもらうわけにはいかないよね。悪化するかもしれないし……

考えた結果、結論が出た。

「……抱くのはダメ。わ、私が……その……」

「ん？」

「私が手と口でする……から」

昴さんがニヤリと笑う。

「じゃあ、服脱いで」

「えっ！　な、なんで私が？」

「そのほうが興奮するから。脱がせて欲しいって言うなら、大歓迎だけど？」

「ダ、ダメ！　昴さんは動かないで、安静にして」

昴さんの視線を感じながら、服を脱ぐ。下着姿でも恥《は》ずかしすぎるのに、全裸になれと言われて恥《は》ずかしさが増した。

「いい眺め」

「……っ……あんまり見ないで」

「見ないと脱がせた意味ないだろ。まあ、どんどん恥《は》ずかしがれよ。興奮するから」

「もう、変態なんだから……っ」

ズボンをずらすと、昴さんのおっきくなったのがブルンと飛び出た。

「ひゃっ」

思わず声が出てしまって、昴さんに笑われた。

「なっ……なんで……っ……なんで熱があるのに、こんなに元気なの？」

「さあな」

「さあなって……」

手の平で膨らみを撫《な》でながら、大きな昂《たかぶ》りを舌でなぞる。

昴さんに教えてもらって経験があるけれど、何度やっても上手くできているような気がしない。

「ん……ぅ……んんっ……」

でも、どんどん硬くなっていくし、昴さんが気持ちよさそうな声を漏らすのが聞こえてくるから、感じてくれているみたい。

感じてくれると、私まで興奮して恥《は》ずかしい場所が濡れていくのがわかる。

「一花、こっち見て」

言われる通りに昴さんのを可愛がりながら上を向くと、頬を紅潮させながらも不敵な笑みを浮かべる彼と目が合う。

恥《は》ずかしくなって目を逸らすと、胸に触れられた。

「んんっ……昴さん、だめ……」

「何、目ぇ逸らしてんだよ」

「だ、だって、恥《は》ずかしいんだもん……ぁっ……んんっ……」

いやらしい手付きで揉《も》まれ、尖《とが》った先端をキュッと抓《つま》まれた。

「ぁっ……！　昴さん……だめ……動かないって約束でしょ？」

「こんないいもの目の前にぶら下げられたら、触りたくなるのが人間だろ？」

「ぶ、ぶら下げてない！　昴さんが脱げっていうから……ぁんっ」

指の間で胸の先端をクリクリ転がされ、変な声が出てしまう。

「脱げとは言ったが、乳首尖《とが》らせろとは言ってないけどな？」

「ん……ぁっ……だ、だって、それは……昴さんが触るから……んっ……やんっ……」

「ふーん？」

昴さんは楽しそうに笑って、私をベッドの中に引っ張り込んだ。あっという間に組み敷かれて、唇を深く奪われる。

咥内《こうない》を隅々まで舐《な》められ、舌を攫《さら》われてヌルヌル擦《こす》られるのと同時に、胸の先端を指で弄《いじ》られた。

恥《は》ずかしい場所は少し動いただけでも、クチュッとエッチな音が聞こえるほど濡れている。

「ん……んんっ……昴さん……だめだったら……悪化……しちゃうでしょ」

「我慢するほうが身体に悪いだろ。お前だってほら」

昴さんの長い指が太腿《ふともも》を撫《な》で、割れ目の間に侵入してきた。

「あっ……」

クチュクチュいやらしい音が聞こえ、一番敏感な場所に触れられるたびに甘い快感が身体中に広がる。

「んぁっ……や……んんっ……だめ……そこ……昴……さんっ……！　ぁっ……」

「こんなに濡らしておいて、何が駄目だよ」

「ん……ぅっ……」

「観念して、抱かれろ」

恥《は》ずかしい場所を弄《いじ》られ、何も考えられなくなってしまった私はそのまま昴さんに抱かれてしまった。しかも、一度じゃない。一晩中だ。

ああ、絶対、熱が上がった。

もうしばらく再起不能だと思っていたのに、翌日昴さんの熱はすっかり下がり、ケロッとした顔でまた仕事をしていたので驚いた。

何度も抱かれて腰が痛いし、次の日も仕事なのに寝不足だし、抗議の言葉で頭の中がいっぱいになっていたけれど……

「一花、ありがとな」

その一言で、全て吹き飛んでしまった。

もう……昴さんには本当に敵《かな》わない！

デザイン会社で働く莉々花《りりか》は過去の辛い経験から、素の自分を隠し、オヤジキャラを演じている。おかげで人と深く関われず、26年間彼氏ナシ。そんな彼女はある日、酔った勢いで勤め先の社長に本当の自分をさらけ出してしまう。そして翌朝目覚めたら…そこはホテルで莉々花はなぜか裸!?　しかも隣には社長の姿が!!　そのうえ翌日以降、彼からの怒涛の溺愛攻撃が始まって…!?

B6判　定価：704円（10%税込）　ISBN 978-4-434-23968-7

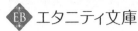

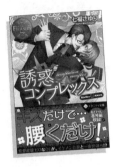

夏奈《かな》は恋愛を信じられない、アンチ恋愛主義者。ところが父親から、会社を立て直すためにある御曹司と結婚して欲しいと懇願される。完全別居の、形だけの契約結婚という条件に渋々承諾したものの……顔合わせの際に相手に気に入られてしまい、彼と同居する羽目に!?

B6判　定価：704円（10%税込）　ISBN 978-4-434-21417-2

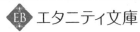

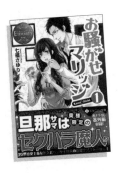

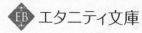

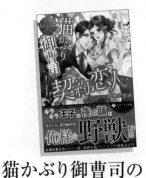

本書は、2017年11月当社より単行本として刊行されたものに、書き下ろしを加えて文庫化したものです。


この作品に対する皆様のご意見・ご感想をお待ちしております。

おハガキ・お手紙は以下の宛先にお送りください。

【宛先】

〒150-6008 東京都渋谷区恵比寿4-20-3 恵比寿ｶﾞｰﾃﾞﾝﾌﾟﾚｲｽﾀﾜｰ 8F
（株）アルファポリス　書籍感想係

メールフォームでのご意見・ご感想は右のＱＲコードから、
あるいは以下のワードで検索をかけてください。

アルファポリス　書籍の感想　検索

ご感想はこちらから

エタニティ文庫

デビルな社長《しゃちょう》と密着《みっちゃく》24時《じ》

七福《しちふく》さゆり

2021年4月15日初版発行

文庫編集－熊澤菜々子・倉持真理
編集長－塙綾子
発行者－梶本雄介
発行所－株式会社アルファポリス
〒150-6008 東京都渋谷区恵比寿4-20-3 恵比寿ｶﾞｰﾃﾞﾝﾌﾟﾚｲｽﾀﾜｰ8F
TEL 03-6277-1601（営業） 03-6277-1602（編集）
URL https://www.alphapolis.co.jp/
発売元－株式会社星雲社（共同出版社・流通責任出版社）
〒112-0005 東京都文京区水道1-3-30
TEL 03-3868-3275
装丁イラスト－一味ゆづる
装丁デザイン－ansyyqdesign
印刷－中央精版印刷株式会社

価格はカバーに表示されてあります。

落丁乱丁の場合はアルファポリスまでご連絡ください。

送料は小社負担でお取り替えします。


ISBN978-4-434-28763-3 C0193